山によるセラピー

ELEVATING OURSELVES:　THOREAU ON MOUNTAINS

ヘンリー・デイヴィッド・ソロー
Henry David Thoreau

仙名　紀訳

アサヒビール株式会社発行■清水弘文堂書房編集発売

ELEVATING OURSELVES: HENRY DAVID THOREAU ON MOUNTAINS
Edited by J.Parker Huber
Foreword by Edward Hoagland
Sponsored by the Thoreau Society

Published by special arrangement with Houghton Mifflin Company through Tuttle-Mori Agency, Inc., Tokyo

山によるセラピー

目次

ヘンリー・デイヴィッド・ソロー

■『アサヒ・エコブックス』シリーズ（第一期刊行全二十冊）では、学術書の場合には表記・用語をできるだけ統一する方針で編集しておりますが、文学書の場合には、訳者の方の方針に従った表記・用語を採用しております。この本の場合も訳者の方の方針に従いました■

S T A F F

PRODUCER　本山和夫(アサヒビール株式会社環境社会貢献担当執行役員)　礒貝 浩
DIRECTOR & ART DIRECTOR　礒貝 浩
COVER DESIGNERS　二葉幾久 黄木啓光 森本恵理子*(ein)*
DTP OPERATOR & PROOF READER　石原 実
制作協力/ドリーム・チェイサーズ・サルーン*2000*
(旧創作集団ぐるーぷ・ぱあめ *'90*)
■
STUFF
秋葉 哲(アサヒビール株式会社環境社会貢献部プロデューサー)
茂木美奈子(アサヒビール株式会社環境社会貢献部)

※この本は、オンライン・システム編集と*DTP*(コンピューター編集)でつくりました。

はじめに

ソローの著作を元に、この画期的な本の編纂に当たったシエラ・クラブのJ・パーカー・ヒューバーによると、一八五二年九月七日は「ソローにとって忘れがたい記念日」（＊1）だったという。

＊1　この日は、ニューハンプシャー州のマナドノック山に登頂。詳しくは後述。九十七ページ参照。

ヒューバーはソローの足跡をたどってニューハンプシャー州ピーターボローからマナドノック山（標高＝九六五メートル）まで二十七キロあまりの道を歩んだ。ソローは頂上で、六種類ほどのベリー（野イチゴ）類を採取した。それから反対側のトロイ村に降り、「山で採りたてのベリーを帽子いっぱいに詰め」午後には列車（＊2）で郷里コンコードまで帰り着くことができた。

＊2　アメリカ横断鉄道は一八四五年に完成し、ローカル線も急速に整備されつつあった。ソローは三時の列車に乗り、五時十五分には自宅に戻った。

ソローはこのように無邪気な一面を見せており、『ウォールデン――森の生活』のはじめの部分で展開した、気に入らない読者も少なくないと思われる社会批判的な言質《けんち》は、ここには見当たらない。彼はヒバリになって山間で舞い、彼自身を「高みに持ち上げ」、「掘り抜き井戸」の源に水を補給する。そして、鱒《ます》の細かい動きなどを観察しては、出版するあてもない日記を書き記すのである。彼の気分は浮き立っていて、宗教的な重々しさはない。――奴隷に給与を払う案、ないし奴隷制度そのものに反対を唱えるわけではなく、メキシコとの戦争（**米墨戦争＝一八四六～四八**）に抗議するでもなく、カリフォルニア州でのゴールドラッシュを批判するわけでもない。マナドノック山やラファイエット山（**ニューハンプシャー州。標高＝一六〇三メートル**）、はるか北方のホワイト山脈などから見下ろす際には、森林のあちこちで木々が倒されている状況を眺めて乱開発を懸念し、「豹《ヒョウ》の斑点のようになってしまった」と嘆く。的確で、ロマンチックなたとえだ。ソローが山歩きをするときには、たいてい友人と二人で、その相手としてはハリソン・ブレイク、エラリー・チャニング、エドワード・ホー、ジョージ・サッチャーなどが常連だった。――よく誤解されるのだが、むっつりと孤独の山行きをしていたわけではない。

ソローは、多くの側面を持っている。彼はおそらくアメリカで最高のエッセイストだと言えるだろうし、超一級の名文家だ。野外の生物学者としても一流だし、市民の不服従運動の面でインド独立運動の指導者ガンジー（**一八五九～一九四八**）らに影響を与えた。だが彼が短い生涯（享年・四十四歳）で最も重点を置いたのは、――彼の傑作である『ウォールデン――森の生活』に示されているように――いかに生きるか、を示すことだった。言い換えれば、彼は傑出した英雄を目指したわけではない。

エベレスト山に登頂したわけではないし、チャールズ・リンドバーグ（一九〇二～七四）のように太平洋無着陸横断単独飛行という空中での快挙を達成したのでもない。またのちにソローを称賛してその後継者と目されたジョン・ミューア（＊3）は、シエラ・ネヴァダを探検したあと、単独でアラスカ辺地の氷河原野を発見したが、ソローにそのような業績があるわけでもない。ただしソローがその代わりに私たちに示してくれたのは、現在でも、ほぼだれもが田舎町の奥まった場所に暮らすという選択ができるという点だった。――これは、物理的な挑戦であるというより、哲学的な挑戦だといえる。

＊3　ヨセミテとセコイアの二つの国立公園を作る活動を積極的に進めて成功し、環境保護団体「シエラ・クラブ」の設立にも尽力した。一八三八～一九一四。

ソローの書簡、日記、雑誌記事や書物から、ヒューバー氏は二十編を選んだ。だれもが異存のない選択だと思われる。ソローはマサチューセッツ州ではウースターの近くにあるワチュセット山に登ったが、これは標高わずか二〇〇六フィート（六一〇メートル）。このほか四つの山（メイン州ムースヘッド湖の近くにあるキネオ山＝五五〇メートル、ニューハンプシャー州のワンタスティケット山＝四一二メートル、アンキャノナック山＝四〇五メートル、フォール山＝四〇〇メートル）が、二〇〇〇フィート（六〇九・六メートル）以下である。ソローの著作を読む場合には、この点に留意しておかなければならない。ソローは決して、私たちが従《つ》いていけないような場所には足を運んではいない。マサチューセッツ州バークシャー郡にしても、フーサック山脈にしても、ニューヨーク州キャッツキル山にしても、その類である。やや急峻《きゅうしゅん》で有名なニューハンプシャー州ワシントン山（一九一六メートル）にしても、メイン州クターディン山（一六〇五メートル）にしても、挑戦できないほどではない。ヒューバー氏は、自らすべてを歩いて追体験した。森から出てくるなり、こう言ったこともあった。

「太平洋を発見したときのバルボア（＊4）よりうれしいね」

＊4　バスコ・ヌーニェス・デ・バルボア（一四七五?～一五一七）スペインの探検家。一五一三年に、西欧人としてはじめて太平洋を発見した。彼の名は、パナマ運河の南端バルボアに残っている。

ソローがたどった道やキャンプした場所について諸説がある場合、ヒューバー氏は苦心して事実を突き止め、多くの地点でその後どのような変転があったのかも検証した。マナドノック周辺のいくつかの沼も、「現存」している、と彼は嬉しげに伝えている。

気分爽快であることが、ここではきわめて重要な要素になる。ソローは必ずしも、資本主義への攻撃を捨て去ったわけではない。だがキネオ山で野営していた夜にふと目覚めたソローは、闇夜に蛍光を発している倒木を見つけて、興奮ぎみにこう言った。

「これで、自然の妙をさらに確信したね。木々も捨てたものではないと前々から思ってはいたが、自分自身がどれほどがんばってもかなわないほど正直な精神に満ちていることが分かったからだ。木は決して空洞的な存在ではないし、科学だけがひたすら作業を続けている場所でもなく、神が住む場所だった。――そこで私はしばらく、彼らとむつまじく過ごした」

ニューハンプシャー州の南部にあるマナドノック山（**標高＝九六五メートル**）に、ソローは一八四四、五二、五八、六〇年の四回も登頂していて、どの山頂よりも心楽しい親近感を持っていたように思われる。岩や茂み、ベリー類にも親しみを覚え、――地質学を身近に感じ、――まとわりつく雲を一陣の風かパラソルでもあるかのように受け止める。頭上の雲はやがて雲散霧消し、百キロほど離れたサドルバック山（**現グレイロック山**）からも雲が取れる。そのあたりで、マサチューセッツ州のバークシャー地方とヴァモント州のグリーン山脈がぶつかり合う。ソローは想像を膨らませ、連想をはばたかせて楽しむ。

ニューハンプシャー州イーグル湖の近くにそびえるラファイエット山（**標高＝一六〇三メートル**）には、背の低いモミの林がある。赤紫色のトゥインフラワー（**スイカズラ科の匍匐《ほふく》植物の花**）を、ソローは「山の植物で最も可憐な花」と形容した。

ニューハンプシャー州のワシントン山（標高＝一九一七メートル）に最初に登ったのは一八三九年のことで、敬愛する兄ジョンと一緒だった。ソローは、まずその高さに驚嘆して詳述する。頂上は「個人所有にすべきではない。やたらに開発されたりしないよう、また自然を尊重するためにも、だれかが独占してはいけない。だが私たちがいま地球に求めているより、もっとうまく利用すべきだということは申し上げておきたい」とも述べている。二人は五日間かけて、百三十一キロを踏破した、とヒューバー氏は推計する。ソローは十九年後、こんどはエドワード・ホーとともにもっと長い距離を歩く。だが不覚にも、ソローは火に対する気配りがつねにやや欠けていたし、ツイてもいなかった。一八四四年には不慮の火事でコンコードの森林を三百エーカーも焼いたが、この一八五八年にソローはタッカーマンの渓谷とマナドノック山で二度も山火事を起こしかけ、辛うじてことなきを得た。

だがソローにはこれという目立った業績がないことに、読者諸氏はお気づきのはずだ。ジョン・ミューアはトレッキングでソローの十倍も歩き回っているし、踏破した峰の数も上回っている。私たちには、どちらのタイプも必要だ。違った海岸を歩んで超越主義的《トランセンダント》に瞑想にふける者も、さまざまな地域を熱心に踏査しようという者も。ソローは、一番乗りを狙うような人物ではない。ミューアは少年時代からの情熱を持ち続けたがソローにそのような面はなく、自然保護運動に挺身することもなかった。一方ミューアは中年になって長年の懸案を実現して独自な政治力や文学的な力量を示し、後世に名を残した。

ソローはヨセミテ渓谷の環境保護や「シエラ・クラブ」には力を貸さなかったが、彼は別な面で衝動に駆られて多面的な活動をした。ソローの時代にはどうでもいいと思われていたような野外活動だが、現在ではきわめて多くの者がアウトドアの自然に慣れ親しもうとしている。ソローは、今後も平均的な人びとのモデルになり続けることだろう。彼は近隣のさして有名ではないし高くもない山々——ニューハンプシャー州南部のパック山脈、キャッツキルのハドソン川に近い北部や南部の山など——に登って十分に満足していた。私たちが日曜日に散策に出掛けたり、一泊旅行したりする際には、ソローが身近なところで文明を再評価したり、眠りこけている姿を想像して、親近感を持つこともできる。自然は虚像ではないしペットでもなく、自己陶酔の道具でもなく、厳然として世界の中心に存在している。それは私たちが体調を整えるトレーニングを主目的として(歩道でジョギングしたり、フィットネスのジムで自転車を漕ぐのと同じく)丘を登ったときなどに、強く感じるはずだ。

霧で濡れそぼり、急傾斜の山道を登りつめて下山途中の峠でキャンプしたときなど、ソローはみじめな姿になりながらも歓喜に満たされたに違いない。——野外活動が好きな者のなかには山なんか邪魔な存在だと心のなかで思っている連中も少なからずいて、開発するとか頂上を削ってしまうこともやりかねない(事実、やってしまう!)。しかしソローは、山の存在に悪態をついたりはしない。——ついでに付記すれば、ミューアは絶えず歩き回るのが好きだったが、開発の愚挙には加担しなかった。そしてソローは、雨もよいの霧が上がると、下界を眺め下ろすとともに、空を眺め上げるのが好きだった。はるか彼方の上空を見晴らかすのである。標高の高い地点に身を置くと、征服感に満たされるというよりも、眺望するうえでは利点がある。彼は『ウォールデン――森の生活』の結びで、こう書いている。

「私たちが黎明《れいめい》によって目覚める日にのみ、夜明けが訪れる」

感覚の鈍った手足を起き抜けに伸ばすように、私たちはこの新しい二十一世紀に当たって、山々や森の複雑な精神性と自分自身を敬うことを改めて学び直し、世界は私たちの足元にひれ伏しているのだなどという幻想に惑わされないように自戒したい。

エドワード・ホグランド（ナチュラリスト、エッセイスト）

序章

私たちは、毎日、山を眺めたいと希求する。

ソローは、気のおもむくままにさまよい歩くのが好きだった。
「毎日、少なくとも四時間は野外で過ごさないと自分の健康と精神を良好に保つことができない――通常は、それ以上の時間を費やす。――森を散策するとか、丘や野原を踏破するとかで、その間は完全に世間の雑事を忘れる」

これがソローの日常的な儀式であり、長年の習慣になっていた。彼は高い場所に登るのが好きで、そこで得られる恵みを次のように列挙したものだった。
「丘についていえば、ナゴグはハックルベリーの実がたくさんあることで知られていて、たちどころにに何百ブッシェル（＊1）分も集められそうだ。――インディアン（＊2）にゆかりのあるナショダからはアンキャノナック山の眺望がよく、――ストロベリー・ヒルからはナゴグ湖が望めるし、アナースナック、ポンカウタセット・ヒルも眺め渡せる。ボールズ・ヒルからはフェアヘイヴン・ヒルが見えるし、あたりにぐるりと視線を回せば、グッドマンの地所やウィリスのノブスコットも見える。……サドベリーにある宿に隣接して、のどかなターンパイク・ヒルがある。リンカーン・ヒルは、テイバー山の一部をなす裸山。ほかにパイン・ヒル、プロスペクト・ヒル、ナウショータクト・ヒル、ウィンドミル・ヒルなどがある」

丘に対する思い入れは、日記のなかにひんぱんに出てくる。

＊1　穀物などの容積単位で、一ブッシェルは三十六リットル。
＊2　現在では、「ネイティヴ・アメリカン」とか「アーリー・アメリカン」とか「ファースト・ネーション」（カナダ）と呼ぶことが多い。

ソローは「自分が住んでいる世界を確認するため」よく丘に登った。一八五一年九月十二日、彼はフリント（＊3）の湖に出掛けた。「丘の上から山の光景を眺め、コンコードを見渡すため」だった。「一日に一度、地平線にそそり立つ山々を眺めるのは価値がある」とも述べている。「その稜線を見ているのが楽しい」からだ。

＊3　ウォールデン湖の南東。サンディー（砂地の多い）湖ともいう。

ソローは目の保養のため、あらゆる季節に出掛けた。

「フェアヘイヴン湖からいくつもの丘を眺めると、まったく新たな景観が展開する。雪をかぶったときには緑の葉が黄色くなっており、茶色の松の幹や小ぶりの樫の茂みは実際より背が高く、巨大に見える。白いマントは、地平線の上空にある雲かと見まごう。ひょっとすると、黒っぽい色よりも淡い色のほうが崇高に見えるのかもしれない」

ソローの風景の見方は、イギリスの旅行家ウイリアム・ギルピン（＊4）からも影響を受けている。もっともソローは、ギルピンに批判的な言辞も呈している。

「絵のように美しい風景であっても、荒々しさは不可欠な要素だ。彼は表面を見るだけで、内部にまで入って行こうとはしない」

ソローはギルピンの足跡をたどってウェールズ、カンバーランド（＊5）、ウエストモアランド（＊5）にも旅をしたが、ギルピンが山頂に到達したという記述がひとつもないため、がっかりした。

＊4　文筆家であり、画家でもあった。一七二四〜一八〇四。

＊5　ともに、イングランド北西部。

ソローは、それまでの旅行という概念を変えた。美しい風景を求める、精神的な旅へと変質させたのである。彼の表現を借りると、こうなる。

「私の仕事は、つねに自然のなかに神を発見しようと注意を怠らないことだ。……そして、たちどころにピスガ（*6）の高みにまで達することを望んでいる」。それが達成されれば、「神々がこの世に住まわれることになる」ばかりでなく、「山々が崇拝の対象だと見られることになるし、山々が自分を高めて霊化させてくれるから」である。思索的で超越主義的な旅では、「自らを高い場所まで押し上げる」よう望む気持ちが本来の目的になる。

＊6　モーゼが死の直前、約束の地であるカナンを見たという山。死海の北東部、現ヨルダン領内。

私は何回も、約束の地を見逃した……

ソローは遠くの山々を眺めて楽しむばかりでなく、そこまで足を運んだ。ソローが二十二歳だった一八三九年の晩夏、はじめての登山でワシントン山に登り、二十一年後の一八六〇年にマナドノック山で打ち止めにするまで、合わせて二十回の登山をした。面白いことに、この二つの山とワチュセット山に、彼は複数回、登っている。

■ソローが登った山々■

回数	日時	名称（州）	標高（メートル）
一	一八三九年九月十日	ワシントン（ニューハンプシャー）	一九一六

2	一八四二年七月二十日	ワチュセット（マサチューセッツ）	六一〇
3	一八四四年七月	マナドノック（ニューハンプシャー）	九六五
4	一八四四年七月	フーサック山脈、ウィットコム山頂（マサチューセッツ）	六六二
5	一八四四年七月	グレイロック（マサチューセッツ）	一〇五八
6	一八四四年七月	キャッツキル（ニューヨーク）	六七〇
7	一八四六年九月七～八日	クターディン（メイン）	一六〇五
8	一八四八年九月五日	アンキャノナック（ニューハンプシャー）	四〇五
9	一八五二年九月六日	ウィットコム峰テンプル山（ニューハンプシャー）	五二一
10	一八五二年九月六日	パック・マナドノック山（ニューハンプシャー）	六九七
11	一八五二年九月七日	マナドノック　（ニューハンプシャー）	九六五
12	一八五四年十月十九～二十日	ワチュセット（マサチューセッツ）	六一一
13	一八五六年九月九日	ワンタスティケット（ニューハンプシャー）	四一二
14	一八五六年九月十日	フォール（ニューハンプシャー）	三四〇
15	一八五七年七月二十四日	キネオ（メイン）	五五〇
16	一八五八年六月二～四日	マナドノック（ニューハンプシャー）	九六五
17	一八五八年七月五日	レッド・ヒル（ニューハンプシャー）	六一八

18　一八五八年七月七〜八日　ワシントン（ニューハンプシャー）　一九一六
19　一八五八年七月十四〜十五日　ラファイエット（ニューハンプシャー）　一六〇三
20　一八六〇年八月四〜九日　マナドノック（ニューハンプシャー）　九六五

ソローが登った山の最高峰は、ワシントン山だった。標高はジョン・ヘイワードの『ニュー・イングランド地名辞典』（一八三九年刊）に基づいているが、その後、自然の力によって変化してきている。――自然が「築き上げたり破壊したり」する状況については、ソローもクターディンで体験的に学んでいる。標高は、計測技術の向上によっても変化する。たとえば一九九七年には、衛星とコンピューターの応用によって計算したところ、ヴァモント州マンスフィールド山の高さは二フィート（六〇・九六センチ）増え、一三三九・五九六センチに訂正された。私は、標高一〇〇〇フィート（三〇四・八メートル）を超えるものを「山」と認定している。だがそれより低いものでも、一応、名前だけは挙げている。たとえば、つねに形を変えているコッド岬の砂丘の「アララット山」（標高といえるとすれば約一〇〇フィート＝三〇・四八メートル）などもある。ソローはこの砂丘に二度も登っているが、強風に見舞われた彼はワシントン山を連想した。

ソローはアメリカ以外でも、一度だけ登山している。カナダのロイヤル山（二三三メートル）だ。モントリオールの近郊にあって、アパラチア山脈とローレンシア台地との中間点、モンレジャン・ヒルズと呼ばれる場所にある。ソローが登ったのは一八五〇年十月二日のことで、ジャック・カルティエ（＊7）が霊感を得るために登山した一六三五年十月三日からちょうど二百十五年後のことで、ソローはそれを意識していた。ソローの二マイル（三・二キロ）登山は典型的なやり方で、彼は次のように書いている。

＊7　フランスの航海士。一四九一～一五五七。彼はそのころ、インドへの近道の航路を模索していた。

「横切った場合には厳罰に処すという脅しの標識が数多くあったにもかかわらず、ずいぶん横断してしまった。……山頂から、私たち（友人のエラリー・チャニングと）は、町の全景を眺めた。平坦で地味豊かで広大な島だ。セント・ローレンス川は水量が豊かで、湖のようにふくらんだ個所が途中にいくつもある。セント・ハイアシンス郡（＊8）やアメリカ・ヴァモント州、ニューヨーク州の山々が周囲を囲む。オタワの入り口が、西側に見える」

＊8　カナダ・ケベック州。

頂上は現在では、フレデリック・ロー・オルムステッドが設計したロイヤル山公園のなかにある。オルムステッド・トレイルをたどって行けば、頂上に出る。

ソローはカナダで山歩きもしたが、カナダで中心になったのはセント・ローレンス川に関連のある流れであり、モンモレンシー、セント・アン、ラ・ピュース、ショーディエールなどの滝である。セント・アン川から同名の滝まで、川の東側沿いに五キロ弱ほどかなりきつい登りを経て、滝の西側にそびえるセント・アン山（八〇〇メートル）にソローは近づいた。翌年の夏になって、ソローはこう回想している。

「セント・アンの野性に満ちた光景を思い出している。私にとっては、チューレ（＊9）のような究極の野性だ」

＊9　古代ギリシャ語やラテン語でアイスランドやノルウェーなどの北欧を指す。

ソローにとっては、これが旅の北限だった。

彼は遠隔の土地では登山はしなかったし、アメリカ西部には足を踏み入れなかった。メイソン＝ディクソン線（＊10）より南には行かなかった。アパラチア山脈の南部は見たこともないし、従って歩いた経験もない。一方ジョン・ミューアは、一八六七年にアパラチア山脈の南部を踏破した。

＊10　ペンシルヴァニア州とメリーランド州の両植民地間の領土紛争を解決するため、一七六三年から六七

年にかけ、イギリス人C・メイソンとJ・ディクソンが測量して境界線を明確にした。自由州と奴隷州の境界線とも見なされていた。

ソローのテリトリー内でも、欠落部分があった。たとえば、彼はヴァモント州のグリーン山脈には足を踏み入れていない。一八五〇年の秋にカナダに行くためこのあたりは列車で往復したし、一八六一年夏に療養のために出向いたミネソタ州から帰るときにも通過した。ニューハンプシャー州南西部にあるマナドノック山からも眺めたが、自ら登るには至らなかった。ヴァモント州の高峰マンスフィールド山（一三三九メートル）には、詩人エマソンが六十五歳だった一八六八年夏に下の娘エレンとともに登ったし、一八九八年には秋雨と吹雪のなかジョン・ミューアは馬と馬車で登山したのだが、ソローは挑戦しなかった。実際ソローは、ヴァモント州の山には一度も登っていない。一八五八年八月にエマソンらの詩人や哲学者たちはニューヨーク州アディロンダック山系のフォランスビー湖でキャンプをし、狩りや釣りを楽しんだのだが、登山はしなかった。ソローはこのときには参加せず、一八五〇年に列車でシャンプレイン湖に行く途中で車窓からアディロンダック山系を眺めただけだった。一八六一年七月には、やはりここを飛び越して北へ旅した。一八六〇年七月四日の独立記念日にノース・エルバでジョン・ブラウン（＊11）について講演が予定されていたのだが、実現しなかった。もし来ていたら、まさにアディロンダックのまっただ中に身を置くことになったのだが。

＊11　奴隷廃止運動で功績を挙げた白人。一八〇〇～五九。

ソローはもちろん、実際に登った山以外にも関心は持っていた。字で読んだり、遠くから眺めたり、友人たちと話をして知識は豊富だった。

「ニューイングランドで最も豊かな資産で、アメリカらしくない」ものとして、ティモシー・ドワイト（＊12）は、一八一〇年の秋にホルヨーク山（＊13）を見たときの印象を挙げている。

＊12　宗教家、教育者、エール大総長。一七五二～一八一七。

＊13　マサチューセッツ州。二七八メートル。

ドワイトが生まれたのは一七五二年、コネチカット川をはさんでホルヨーク山と反対側のマサチューセッツ州ノーサンプトンだった。組合協会《コングレゲイショナリスト》の聖職者になり、二十一年にわたってエール大学の総長を務めた。ドワイトはアメリカ北東部をかなり手広く歩き――本人の推定によると約一万八千マイル（二万八千八百キロ）に達したろうという――その観察記録を手紙にしたためた。彼はコンコードを訪れたこともあるが、ウォールデンの森を見に行ったわけではない。ドワイトもソローと同じく美しい景観に魅されており、わざわざボストンの州議会議事堂まで行って風景を愛《め》でたこともある。ドワイトは自らの体験をぜひとも一冊にまとめたいと熱望しており、『ニューイングランドとニューヨークの旅』という本に結実した。ソローは、この書物にも目を通している。アメリカで登山が人気を得るより前に、ドワイトはソローに先駆けて山に登った。一七九九年、ドワイトは馬にまたがって馬車道をたどり、マサチューセッツ州北西部のサドル山（現グレイロック山）に登頂し、木によじ登ってパノラマの景観を楽しんだ。一八一三年にはニューハンプシャー州ウィニペソーキー湖の北にあるレッド山（現レッド・ヒル）に馬で登った。一八一五年には当時キャッツキルズの一部とされていた、現在では東側の断層急斜面といわれる場所を、徒歩と馬で登った。そのほか彼が間近に見た山々としては、まずラファイエット山がある。彼はニューハンプシャー州前知事の名にちなんで、ウェントワース山と呼んだ。またワシントン山については、「アメリカでは最も崇高な山」と記している。ワチュセット山は「こんもりとした山並みのなかで、円錐形で際立っている」と記した。マナドノック山は遠くから眺めただけで、そのころはマサチューセッツ州の一部だったメインの野性に関して、ドワイトはほとんど何も知らなかった。

アムハースト・カレッジの学長で化学・自然史の教授だったエドワード・ヒチコック（一七九三〜一八六四）も、ホルヨーク山が傑出した山であるという点ではドワイトと一致していた。

ソローはヒチコックの著作『マサチューセッツ州の地質・鉱物学と動植物』を読んでいるし、ヒチコックに同伴して登頂した妻オーラ・ホワイト・ヒチコックが描いたスケッチ「ホルヨーク山からの景観」も見たに違いない。ソローは、ヒチコックの『マサチューセッツ州の地質学・最終報告』も読んでいる。その本には、ホルヨーク連山のパノラマ写真も掲載されている。連山のなかのヒチコック山は、彼にちなんで名づけられたものだ。その周囲には氷河によってできた湖があってやはりヒチコックの名を冠しているが、この湖はかつてコネチカット州グラストンベリーから北のほうに伸びていたという。

ホルヨーク山については、友人の詩人エマソンもソローに語っていたものと思われる。一八二三年八月末、二十歳だったエマソンはロズベリーからアムハーストまで歩き、そこからホルヨーク山の山頂まで軽装馬車で登った。エマソンはその後も講演のため何度もアムハーストを訪れたが、ソローはアムハーストにも行ったことがない。エミリー・ディッキンソン（*14）は、アムハーストでエマソンに会った。彼はソローの『ウォールデン――森の生活』を読んでいたし、ホルヨーク連山の風景も大好きだった。ソローはトマス・コール（*15）の「嵐が過ぎたマサチューセッツ州ノーサンプトンのホルヨーク山頂からの眺望」の絵を見たか、少なくともそれについて聞いたことがあったに違いない。

*14　女流詩人。一八三〇～八六。

＊15　イギリス生まれだが、アメリカに移住。風景画家。写実的な「ハドソン派」の創始者。一八〇一〜四八。

ソローは明らかに、マーガレット・フラー（＊16）の冒険は聞き及んでいた。彼女は一八四四年の秋、ニューヨーク州フィッシュキル・ランディング（現ビーコン）でキャロライン・スタージスとともにハドソン川の周辺で遊んだ。

＊16　評論家・教師・文筆家。「ノース・アメリカン・ヴュー」誌の編集長を勤めた。一八一〇〜五〇。

フラーは『十九世紀の女性』を執筆中だったが、大いに羽を伸ばして楽しんだ。彼女は十一月二十三日に、弟リチャードに次のような手紙を書き送っている。

「すばらしい好天で、峠をいくつも越え、小川や流れに沿って歩みました」

不思議なことに、彼女は具体的な地名を書いていない。だが地図で確かめてみると、すぐ南がハドソン高原《ハイランド》で、北ビーコン山脈と南ビーコン山脈が走っていた場所だと思われる。エミリーを訪ねてきていた義理の弟エラリー・チャニングも同行していた。チャニングは、七月にバークシャーとキャッツキルを旅したときにはソローと一緒だった。ソローはその後、一八四六年十一月十三日に「ニューヨーク・デイリー・トリビューン」紙の第一面に掲載されたディッキンソンの特派記事を読んだに違いない。これは、スコットランドのロッホ・ローモンド（湖）にあるローウォーデナン・インの宿からマーカス・スプリングとともにベン・ロモンド山（＊17）に登る紀行文だが、ガイドがいなかったため道に迷い、山で一夜を明かした体験が語られていた。

「頂上からの眺望は気分踊り栄光に満つ！」

と見出しには書かれていた。

＊17　九七三メートル。この付近では最高峰。

これらの山に行かれる方は出発前に、ソローが提案する「賢い旅のやり方」をしっかり心に留めておくと役立つだろう。――方法についても行動の仕方についても、十分に気配りをすることが望ましい。

もちろん、当時とは状況の違いがある。ソローが一八三九年にホワイト山に登ったとき、彼はボート、馬車、徒歩を使った。一八四六年にクターディン山を目指したときには、列車、蒸気船、馬、バギー、船、自らの足を動員した。一八五七年にキネオ山を征服したときには、カヌーでムースヘッド湖を渡って近づいた。一八五八年にワシントン山に再挑戦したときには馬車を使ったが、うんざりして反省している。

「徒歩のほうが、はるかに自分で登山したという実感を持てる。馬に依存していると、多くのものが犠牲にされてしまう。昼食を取るのに最も好都合な景色のいい場所を、自由に選ぶこともできない。なぜかといえば、そのような場所には得てして水がなく、馬が水を飲めないからである」

従って、ソローのように旅しようと思えば、まず第一に、それぞれの力量に応じて場所を選定すべきだ。十九世紀の「ウォーキング・ツアー」をよみがえらせて、ふたたび活力を与えたい。公共の交通機関を利用し、列車と徒歩ないしサイクリングとを組み合わせたい。私はヴァモント州ブラットルボローの自宅から毎週アムハースト大学のフロスト図書館に行く際に、四月から十一月までは自転車を使うし、それ以外の冬の時期には列車を利用する。その図書館ではソローに関する本を数多く読み、大いに楽しんだ。

山と親しむ、新しい方法を開発したいものだ。山への巡礼を繰り返そう。山という聖域のなかで祈り、深く思考しよう。あなたの心と山の心を、合致させよう。山中を歩き回ろう。古代ヒンズー教の崇拝儀式である「プラダクシーナ」がはじめておこなわれたのは一九六五年で、参加者たちはアメリカ・サンフランシスコ北方のタマルパイス周辺で歩き回ったが、その主導者は詩人のゲイリー・スナイダー（一九三〇〜）らだった。ニューイングランドでは、私が一九八五年にマナドノック山の周辺を歩き始めた。同じ場所を周遊すると、心の内部や外部の性格が現れてくる。登山道を歩く直線的な歩行とは、また違った効果がある。それによって、自らの道を創造することができる。ソローは、その点を推奨している。——彼は自分の町（コンコード）を歩き回ることに喜びを見いだし、——知的な好奇心を駆り立てて精神的な興奮を感じた。

最後になるが、自宅にとどまって自らのテリトリーを探索し、旅行は止めて野生は野生のままに放置しておく喜びも知っておきたい。ソローはどの場所においても、最も意味のある事物と遭遇できる方法を知っていた。彼はあちこちで短い滞在をしてみたものの、郷里コンコードにまさる場所はない、と考えていた。

「各地をぶらついてみたが、フェアヘイヴンを忘れさせてくれるほどの風景にはお目にかかったことがない。私はいまでも早春の一日、崖に腰掛けて春に目覚める森や川を眺め、野鳥の雛たちが相変わらず喜びの歌声でさえずるのを耳にする。——この世界は、私にとっては甘いミステリーである」

心のなかで、風景は遠くまでみごとに映し出されている。深く考える者ほど、遠くまで旅をする。

ワチュセット山（六一〇メートル）

一八四二年七月十九〜二十二日

七月十九日の午前四時四十五分、ソローはコンコードの自宅を徒歩で出発した。同行したのは、十八歳のリチャード・フラー（＊1）で、ソローはこの若者がハーヴァード大学に進学できるよう手伝っていた。目指すのは、西四十六キロの地平線にたたずむ「青い壁」だった。フラーはグロトンという町のプレザント・ストリート一〇八番地に住んでおり、自宅からワチュセット山が望めた。この家は、プリンストン村の初代司祭だったフラーの祖父が所有していたものだった。

＊1　前出マーガレット・フラーの弟。

「昼前には台地に着き、そこからランカスター渓谷が見下ろせた（ここではじめて、西側の眺望がよくなった）。何本かの樫の間に見え隠れしているが、丘の頂上付近では、鉛のパイプから清水が噴き出していた。私たちは日中の暑さを避けてウェルギリウス（＊2）を読みながら景観を楽しんだ。このあたりの特異な地形は、まるで地球外にいるような気がする。

ここからは、ある意味では地球の形や構造が見えてくる」

＊2　古代ローマの詩人。七〇〜一九BC。

ハウワス（＊3）は、これはワタカドック・ヒルではないか、と見る。だがこの急斜面のどこからでも、西の方角にはナシュア渓谷からワチュセットが望める。

＊3　ウイリアム〜。プリンストン大学教授。『ソローと歩く』という山岳紀行のアンソロジー本で、解説を書いている。

「ナシュア渓谷への下りは、かなり急だ。二、三マイル進むと、ナシュア川の南側の支流に出る。浅いが流れは早く、高い両岸の砂利土手の間を流れ下っていく。……

午後も遅くなってなおも進み続け、山道に交差して流れる小川に来るたびに足をひたして爽快な気分になる。やがて太陽が丘に遮られて陰に入ったため、私たちは朝の元気を取り戻した。スターリングを過ぎ、私たちは夕方には町の西側、スティルウォーター川のほとりに着いた。このあたりには小さな村があり、……まだ郵便局もなければ、決まった名称もない」

一行はスターリングの西側にある宿で泊まったあと、翌朝早くに出発し、ワチュセット山のふもとまで四マイル（六・四キロ）歩いた。行程の一部は、スティルウォーター沿いの道だった。

「私たちは道端に豊富に見かけるラズベリー（キイチゴ）の実を集めながら、この行為は崇高なものだと正当化したいと身勝手に考えていた。つまり、登山者は付近に自生しているおいしいくだものをつまんで元気づけても構わないだろうし、山腹から湧き出る清水を飲むのも自由だ、という論理だ。このあたりの標高の高い場所で汚れなくうまい空気を吸っていると、山の神々も自然の恵みを提供してくれるのではないか、という気がしてくる。平原や渓谷で産するものはそれぞれの地に深く根ざしているもので、このベリー・ジュースの味は山頂の空気の薄さと関係があるのではないか、と私たちは考えた。

私たちは登山を続け、まずサトウカエデの群生地を通り抜けた。木々のあちこちに、らせんぎりで開けられた穴があった。しばらくは密生して森の濃い地帯があったが、やがてまばらになり、まもなく裸山になった。私たちは、頂上でテントを張った。頂上といっても、ふもとのプリンストン村から五八〇メートルほどしか高度は上がっていないし、標高もたかだか三〇〇〇フィート九一四メートル）だ（＊4）」

実際には、ふもとから二五三メートル上がっただけだ。

＊4　これも誤認で、実際には二〇〇六フィート（六一〇メートル）。

「頂上の面積は二、三エーカーもあるが、樹木はなく、岩がごろごろしているだけで、ところどころにブルーベリー、ラズベリー、グースベリー、ストロベリーの灌木が散らばっている程度。苔や、美しい針金のような草がある。岩の間には、ごく普通の黄色い百合《ゆり》と小ぶりのミズキが、ふんだんに見られる。丸い形をしたこの開けた頂上空間のすぐ下には、樫、カエデ、アスペン（ポプラに似た木）、ブナ、サクラ、ナナカマドなどが混生した、鬱蒼とした森がある。私たちはこのなかに、明るい青色をした『ソロモンの封印《ソロモンズ・シール》』（＊5）と呼ばれるベリーや、パイローラ（イチヤクソウ）の実を見つけた」

＊5　二つの三角形をぶっちがいに重ねた、六角の「ダビデの星」。

「かつては頂上に木造の測候所があったが、いまでは直径三・七メートル、高さ一・八メートルほどのがらんとした石造りの建物になっている。その土台のあたりから北西方向に、マナドノック山の壮大な姿が眺められる。向こうのほうが、一〇〇〇フィート（＊6）（三〇四・八メートル）近く高い」

＊6　実際には、一一六一フィート（三五四メートル）。

「霧が晴れるのを待つ間、私たちはテントのなかでウェルギリウスやワーズワース（＊7）を読み、新たな発見をして嬉しくなった。……

＊7　ウイリアム～。イギリスの詩人。一七七〇～一八五〇。

「この丘が、いずれヘルヴェリン（＊8）ないしはパルナッソス（＊9）になるかもしれないと、だれが予測できるだろうか。あるいは、ミューズ（＊10）の神がこの近くの平原に現れ、新たなるホメロス（＊11）がたびたび出没することなど、だれにも予見できまい」

＊8　イギリスの湖水地帯にある山。標高＝九五〇メートル。
＊9　ギリシャ中部の山。アポロやミューズの神が住んでいたとされる。標高＝二四五七メートル。
＊10　ギリシャ神話の学芸の女神。
＊11　紀元前九世紀の古代ギリシャの叙事詩人。

「山からのいただきものであるブルーベリーを持参したミルクにひたし、質素な夕食にした。だが番外の余興として、尾根沿いの森が風を受けて夕べの祈りを奏でていた。私たちのテントには天井壁画もなければカーペットを敷いたホールもないが、自然が彩色した夜空があり、同じく自然が刺繍をほどこした丘と森がある。日没前に私たちが尾根伝いに北に向かってぶらぶら歩いていたとき、鷹が一羽、静かにはるか頭上を旋回していた。神々が散策したくなるような場所であり、厳粛な静寂が支配していて、汚されている気配はまったく見られない。日暮れどきになると靄が濃い水蒸気になって蒸発し、あたりの風景がはっきり視界に入るようになった。それとともに、いくつもの滝が眼前に現れた。……

その夜、マナドノック山では偶然に山火事が起こった。西側の地平線全体が明るくなり、はからずも山並みが重なり合っている状況がよく分かったし、私たちが孤独ではないことも思い起こさせてくれた。だが風向きが変わったので私たちはテントに避難して入り口を閉じ、やがて眠りに落ちた……。

月が沈むとすぐに、曙光がほのかに現れた。私たちは起き出して火を起こしたが、この明るさは周囲五十キロ近くで見えたのではあるまいか。明るさが増すにつれて、風は急速に収まった。頂上に露は降りなかったが、かなり冷え込んだ。暁の茜《あかね》色が最高潮に達すると地平線がくっきりと浮き出し、その美しさには感嘆した。遠くの山並みは波と見まがうほどで、私たちは船のデッキから海面を眺めているような錯覚を覚えた。『チェリー・バード』とも言われる小鳥のヒメレンジャクが私たちの周りを飛び交い、ゴジュウカラやハシボソキッツキが茂みのなかでさえずっている。シジュウカラも、一メートルと離れていないところに止まっている。尾根沿いに、ふたたび森の合唱が始まった。やっと、木々の海原から太陽が昇り、マサチューセッツ州を照らし出した。……山の光景自体にはさして荘厳さや華麗さは感じられないが、夏の日にはスケールの大きな景色が考えを深めてくれる。……

私たちは、陸地における山岳の位置づけが十分に分かってきた。また、宇宙の全体計画のなかで山々がどのような意味合いを持っているのかも理解できる。私たちが最初に山の頂上に達して眼下に低い丘を眺めた場合、山々の形成にそれほど総合的で知的な意図が隠されているとは思いがたい。だがのちに地平線に凹凸を作る稜線を眺めていると、一方のスロープとうまくバランスを取ってもう一方のスロープを形作っている技法は、深い意図に基づいたものであり、密かな宇宙計画の一貫なのだと思い至る。……

昼になって、私たちは山を下り始めた。……スティルウォーターとスターリングを、ひたすら足早に通り過ぎた。ランカスターの緑の牧場に到着すると、コンコードにきわめてよく似ているので、なつかしの自宅に戻ったような気分になった。どちらにも二つの流れがあって、中心部の近くで合流する。ほかにも、類似点が多い。ここの風景には、意外なほど洗練されたところがある。平らな原野が大きく広がっていて、ところどころに楡《にれ》の木が立っており、ホップ畑や木々の茂みが点在し、いわば典型的な風景画の趣をなしている」

日没時に、一行はスティル・リヴァーの村に到着した。

「これからも、美しい光景が展開すると期待できた。山々の稜線のみごとさは、類例がなかった。この時間帯には、やすらぎと静けさがあたりに充満している。丘自体も、この雰囲気を楽しんでいる風情だった」

スティル川のすぐ北側にあるプロスペクト・ヒルに、ブロンソン・オルコット（＊12）とチャールズ・レイン（＊13）は、一八四三年に「フルートランズ」を開いた。だがこの楽園はわずか七か月しか続かず、現在は史跡に指定されて一般に公開されている。

＊12　哲学者で教師。一七九九〜一八八八。
＊13　右記の友人のイギリス人。

ソローが訪れて二か月後の一八四二年九月二十七日から翌日にかけて、エマソンとホーソーンはソロー、フラーとともにコンコードから徒歩でハーヴァードに向かい、ここで一泊したあと、翌日はさらに五キロほど歩いてシェイカー家を訪れた。ハーヴァード大学に通っていたころ、ソローとフラーはここに下宿していたのだが、その建物は閉鎖されていた。ハウワスは、シェイカー一家をあまり信用していない。ハーヴァードの町は伝統を大切にしていて、歴史的な建造物を大切に保存し、マナドノックの風景を愛《め》で、「ハーヴァード・ポスト」紙のコラムニスト、エリザベス・R・クーパーの詩を愛していた。

翌朝早く、一行は別れた。フラーはグロトン（*14）へ、ソローはコンコードに戻った。

＊14　マサチューセッツ州の小さな町。

「私たちは平原の広漠とした風景のなかにまた戻ったので、山々の壮大な景観を意識のなかに入れ込む努力をしたいと思う。どのような壁のなかに自分たち自身が横たわっているのかを私たちは覚えておきたいし、平坦に思える生活のなかでも頂点はあるのだということは理解しているし、山頂から眺め下ろす深淵がなぜ青く見えるのかも知っている。どの時間にも、それなりの気高さがある。だが深淵の底はきわめて低いところにあるので、その地点からはおそらく空は見えず、私たちはときに山頂に立って、遮るもののない地平線を眺めるしかない」

引用出典：「ボストン・ミセラニー」紙の「徒歩でワチュセット山へ」

一八五四年十月十九日〜二十日

ソローは一八五四年の十月十九日に、ワチュセット山に戻ってきた。今回はイギリスのトマス・チョムリおよびウースター（マサチューセッツ州）のH・G・O・ブレイク（*15）が同行した。

*15　友人の詩人エマソンが国際的に有名になり、外国からの訪問客も増えた。エマソンはよくソローにも紹介し、ソローの人脈も広がった。ブレイクもその一人。

一行はウエストミンスター（マサチューセッツ州）まで列車で行き、そこから六キロ半ほど歩いてフォスター・ハウスに着き、さらに山道を三キロ半ほどたどって頂上に到着した。フォスター・ハウスというのは、ウエストミンスターに住むジョサイアとジュリアのフォスター夫妻の家ではないかと思われる。だがスプルース・ロード三七番地に現存しているフォスターの家は、ソローが記述している距離とは一致しない。

「リトルトン（耕地がある）より高いところでは、多少なりとも冠雪が見られた。今年の後半、はじめて見る雪だ。頂上には、雪はあまり残っていなかった。頂上ばかりでなくこの山に多い木は、レッド・オーク（**アカガシワ**）だ。頂上にかけてかなり茂っているが、標高が上がるにつれて背が低くなり、横に広がっている。そのほか頂上で見かけた樹木として覚えているのは、ブナ（**学名ポプルス・トルムリフォルミス**）、あるいはアメリカヤマナラシ（**学名ポプルス・トルムロイズ**）、ナナカマド（**ウルシのように見える**）、アメリカマンサク、オウシュウシラカバ、キハダカンバ、ストローブ松、クロトウヒなどである。ほとんどの落葉樹は、まるで枯れているように見えた。山腹には、レッド・オークのほかにサトウカエデ、キハダカンバ、レヴァー・ウッド（和名アサダ。学名オストゥリア・ヴィルギニーカ）、ブナ、クリ、ヒッコリー、ドクニンジン、ペンシルヴェニアカエデ、アメリカマンサクなどが生えていた。

頂上から双眼鏡で見ると、ウォルサム丘陵の北方ボストン港に、何隻もの船が確認できる」

一行は、フォスター・ハウスで一夜を過ごした。

「十月二十日、頂上で日の出を見る。この時間帯には、西を眺めるのがいい。村々や教会の尖塔、家々が、すべてくっきりと浮かび上がるからだ。だが東のほうは、逆光のため景色が薄ぼやけて見える。西を見たほうが価値があり、数え切れないほどの丘や野原が霜で白くなっていて、すべてが平たく見える。白い霧が薄くかかっている個所の下には湖が存在するか、ナシュア川が流れている証拠だ。東の地平線には大きな湖があるので、霧は長く低い雲状になっている。

日の出の直後にはピラミッド型の山影が長く伸び、その頂点がグリーン山かフーサック山にかかっていた。まるで、濃紺のトウモロコシのように思えた。だが影は急速に消え、頂点は山の本体と合致し始め、五キロほど離れたところから見ると、三角錐のシルエットがくっきりと浮かび上がっていた」

引用出典：『ヘンリー・D・ソローの日記』

ソローは、自宅のあるコンコードからもよくワチュセット山を眺めていた。
「雲がかかっていないときのワチュセット山は、美しい紫色ないし濃紺に見える——まるで、山頂からグレープ・ジュースを絞ってかけたかのようだ」（『日記』一八五二年七月二十七日）
彼は、スケッチ（下の図）も残している。
「フェアヘイヴンの丘から見るワチュセット山は、このような具合だ——」

「点線は、周囲の森の頂上を示している」（『日記』一八五二年八月二日）
また別の季節には、次のようなたとえを使っている。
「これは、まさに冬場の日没の典型的な景色だ。雲はなく、空は澄み、空気は冷え、地平線は藍色に霞んでいる。……東の地平線は、ピンクに染まっている。山並みの稜線は輪郭がくっきりと浮き出ており、濃紺であるためか、ごく近くにあるように思える。ワチュセット山は、私たちの弓形張り出し窓の上に出現したセミクジラのように見える。割れた尾を下に向けて、大地をのたうち回っている。銛《もり》を打ち込まれて苦悶してい

るところなのか」（『日記』一八五三年十二月二十七日）

＊

コンコードからフィッチバーグ（マサチューセッツ州）までは列車で行くことができ、ソローは一八五七年にそこで講演をした。一八五九年に、エマソンはこの駅から馬車に乗ってワチュセット山に向かい、登山中に片足をくじいた。フィッチバーグから西へ八キロほど歩くと、ウエストミンスターに着く（**ソローは、一八五六年九月五日にここへ来た**）。ウエストミンスター・ヒル・ロードは、２Ａの道路とは交差していない。当時のウエストミンスター駅は２Ａの北、デポット・ロードの交差点にあって、そこから十キロあまり南に歩くうちに、ナローズ、ストーン・ヒル、イースト、ゲイトハウス、ミル・ヒル、パーク、マウンテン・ロードなどを通過し、グレゴリー・ロードを左に見てビジターセンターの一・五キロほど南に出る。反対側にはマウンテン・ハウス・トレイルがあり、頂上まで一・五キロあまりの登り道になる。沿岸調査路という旧道にほぼ沿っているが、ソローやエマソンはこちらの旧道をたどった。

マウンテン・ロードを一キロ半ほど南に行くと、小ワチュセット山に達する（**トレイルは、ウエストミンスター・ロードから分岐している**）。エマソンは、一八四五年四月一日に、このトレイルを登った。「そこからの光景を見て、心が躍った」(書簡集)と記されている。エマソンは、ワチュセット登山によって詩作のインスピレーションを得た。小ワチュセット山から一キロ半ほど南西方向に行くと、プリンストンの町のグッドナウ・ロードにつながり、ワチュセット牧場オデュボーン・サンクチュアリーがある。私としては、ここから楽しげなブラウン・ヒルを経てディケンスに行くほうを好む。さらにハリントン・トレイルを北にたどればワチュセット山に達する。この山は、歩いて周遊したい(十二キロ)。私の友人のビル・ブレイスは、コンコードの自宅から自転車で出掛けて周遊し、日帰りで戻ってきた。

グレイロック山（一〇五八メートル）

一八四四年七月?日〜八月一日

ソローの三十七回目の誕生日が、この年の七月十二日にめぐってきた。マーガレット・フラーは七月十三日の日記に、コンコードで「ヘンリー（ソロー）の訪問を受けてたいへん嬉しかった」と書いている。おそらくソローは、十四日には発ったものと思われる。

グレイロック山は、大西洋とハドソン川を結ぶ古い街道筋に近く、ヨーロッパからの定住者たちはこの道を「モホーク・トレイル」と呼んでいた。この道はディアフィールド川沿いに東西に走っており、ディアフィールド川はグリーンフィールド付近でコネチカット川と合流する。コネチカット川はフーサック山脈を抜け、フーシック川と落ち合ったのち、ニューヨーク州シャーティコークでハドソン川に流れ込む。ソローはマナドノック山のほうからやって来たはずだから、おそらくアシュロット川渓谷を経てニューハンプシャー州ヒンズデールでコネチカット川に出たものと思われる。ソローは、この道をたどってバークシャー郡に向かった。現在では、一部が新しい遊歩道《リクエーショナル・トレイル》になっている。

「私は穏やかな夏の日、ただひとりでいくつもの丘を越えてここまで歩いてきた。道中、道端のラズベリーの実を摘み、ときに農家でパンをひと切れ買ったりした。背中にはナップザックを背負っているが、中身は数冊のガイドブックなどの書物や着替えなど。あとは、手にも多少のものを持っている。今朝はフーサック山から、渓谷にたたずむノースアダムス村で道路が交差する、五十メートルあまりもの下界を見下ろした。地球は必ずしも平らではないなど感じたし、人間が歩きやすく平らなのはむしろ偶然そうなっているだけなのではないか、という気がした」

フーサック連山のなかでノースアダムスの東七キロほどにある西峰（六一五メートル）山頂からの景観は、確かにすばらしい。ソローはここで小休止して、コメの飯、砂糖入りコーヒーの朝食を取った。

「午後になって、標高三六〇〇フィート（一〇九七メートル）もある山に登り始めた。（＊1）さきほどの西峰からは、距離にして七、八マイル（十一・二キロ〜十二・八キロ）ある」

＊1　十八〜二十ページの登山一覧表による現在の計測では、一〇五八メートル。

グレイロック山（別名サドルバック山）は、実際にはソローが書いているより三十三・二メートル低い。だがこの数字が実測されたのは、ソローが登山してから百年も経ってからのことだ。したがって、ソローが記した標高は、あながち間違いだともいえない。

「私がたどったのは、ベローズ（ふいご）と呼ばれる長くて広い渓谷だった。その名の由来は、嵐のような強風が上に下に吹きつのっていて、主峰と低い山の間は雲が覆っているからだ。山腹のあちこちに、農家が点在している。いずれも開けた北側の眺望がよさそうだ。渓谷の真ん中に流れがあり、水源の近くに一軒の粉ひき小屋が見える。天国の門を目指す人のための登山道入り口、といった趣だ。私は干し草畑を横切り、小川に懸かる細い橋を渡り、少しずつ登っていく。ある種の畏怖の念とともに、どのような人びとが住み、どんな自然が待ち受けているのか、無限の期待感も感じる」

現在では、ノッチ・ロードからアパラチアン・トレイルまで、ベローズ・パイプ・トレイルを六キロ近く歩いて行くこともできる。

「やっと、頂上から二番目の家までたどり着いた。ここから頂上への道は右に曲がるが、頂上自体は真正面に見えている。しかし私は、水源まで渓谷沿いに進むことにした。なんとか近道らしいものは見つかったが、急傾斜でいくらか危険を伴うものだった」

家から出てきた気さくなおかみさんの話では、ウイリアム・カレッジの学生たちが「天気のいい日ならいつでも」山登りに来るが、ソローが通った道をたどろうとする者はいないとのことだった。

「最後の家の前を通り過ぎるとき、男が出てきて私のナップザックに目をやり、何か売るものがあるのかね、と尋ねた。彼は、私がいつもとは違う道を通ってサウス・アダムスに行こうとしている行商人だと思ったに違いない。彼によると、私がこれまでたどってきた道を行き続けるなら、頂上まではまだ四マイルか五マイル（六キロから八キロ）もある。直線的に登る道も二本あるが、だれも使おうとはしない、と言う。確かに踏み固められた跡はなく、民家の屋根くらいの急勾配だった。だが彼よりも私のほうが森や山を歩くのには慣れているという自信があったので、彼の放牧場を通過して進んだ。彼は太陽の位置を見て、『今夜中には頂上には着けないぞ』と後ろから大声で叫んでいた」

ソローは途中でその登山道をあきらめ、磁石を頼りに登頂した。

「登りは決して難儀ではなく、不快でもなかった。あるかなきかの登山道をたどるより、時間的にも短くてすんだ。土地の人でも、山の森林を歩く困難さを大げさに言うことが分かった。彼らは常識人なのだが、この点に関しては常識を欠いている。私はこれより高い山でガイドなしに、道なき道を通って何回も登っている。舗装された平地を歩くより時間がかかるのは当然だし、多少の忍耐は要るにしても、それほど大したことではない。この世界で大きな障害にぶち当たることはきわめて稀で、それが起こったときに乗り越えられないのは、よほど手際の悪い者に限られるだろう」

ソローが「これより高い山に登った」と言っているのは、この時点ではワシントン山とクターディン山を指している。彼がグレイロックの山頂に達したのは、日没のころだった。長い一日だった。――マサチューセッツ州フロリダにあるルーク・ライスの農場を早暁に出発したソローは、この日二十五・六キロも歩いた。彼は「太陽とともに、山を半周した」のだった。この山は、フーサック山脈のウィットコム山を指す。

彼は、測候所の傍にキャンプを張った。

「かなり大きな建物で、ウイリアムズタウン・カレッジの学生たちが建てた。これぐらいの大きさなら、陽光を受けた昼間であれば、谷底からでも光って見えるに違いない。どこの山麓にもこのような大学があって、有能な指導教官がいてこのような施設を作ってくれるなら、かなり役立つことだろう。山蔭で、古典的な勉学もできるに違いない。思い当たる人も少なくないと思われるが、大学生には山好きが多い。山頂を征服するたびに、平地で学んだことを一般化できるし、普遍的なテストにかけることもできる」

ソローがウイリアムズ・カレッジを見に行ったときは、まだ夏休み前だった。百五十五人の学生のほとんどが、ニューヨークないしニューイングランドから来ていた（**コンコードの出身者はいなかった**）。教授は七人、講師が二人いた。マーク・ホプキンス教授が、学長を兼ねていた。その兄弟であるアルバートが自然科学と天文学の教授を務めていたが、園芸・風景・庭園協会を設立するとともに、学生の健康管理や学内の美化にも心を砕き、宗教団体を組織し、一八六三年にはニューイングランドで最初のアルパイン・クラブも創設した。日の出と日没にお祈りをやり、昼には協会での礼拝があった。春には、「山の日」のお祭り行事を催した。授業料は、一学期で十ドルだった。ソローも親しんでいたタワーは一八四一年に建てられたもので、「荘厳秀作逸品」誌に写真が掲載されたこともあったが、現存していない。ただし、「山の日」の行事はいまだにおこなわれている。

それから二十一年後の一八六五年十一月にエマソンが講演に訪れたときにも、ホプキンスはまだ学長を務めていた。エマソンの講演は大好評で、彼は計六回も来校して話をした。ある日の朝、エマソンはチャールズ・J・ウッドベリーらの学生たちと、グレイロック山のほうまで歩いた。だが、山頂までは登らなかったようだ。グレイロック山はエマソンにとっては「本格的な山」であり、ワーズワースの詩「遠出」やウエストモアランドの山並みを思い起こさせた。彼は娘のエレン宛てに、次のような手紙を書いている。

「一日のどの時間を取っても、風景は目の保養になった。朝の山並みはきりりと冷え込んでいるし、昼は紫色に沈んでいる。歩いてみたいと、足が誘惑される」(エマソン『書簡集』)

ソローは「板の間に横になったが……上にかける毛布もない。だが夜が更けて寒くなってくると、私は完全に板の間になじんできて、自分の体を板でくるみ、大きな重石《おもし》を乗せたような感覚になってきた。そして、快適に熟睡できた。……

私は朝早くに目覚め、このタワーのてっぺんに登って日の出を見た。……明るくなってくるにつれて気づいたのだが、あたりは一面の霧で、ちょうどタワーの下まで達していた。地上のものは、何ひとつ見えない。……昨夜のうちに登ってきた新しい世界が、さらに現実味を増してきた。この確固とした大地が、ひょっとすると、これからの私を支えてくれるのかもしれない。私たちがマサチューセッツとかヴァモント、ニューヨークなどと呼んでいるちっぽけな場所を覗き見られるような隙間すら見当たらない。この間も、私は七月朝のさわやかな空気を吸い続けている。頂上も、やはり七月だとすれば。私の足元は周囲百マイルほどにわたって、どちらを見ても見渡す限りでこぼこの雲海だ。ベールをかぶせている下界の凹凸に従って、波打っているからだ。夢に出てくるような光景で、天国《パラダイス》にいるように快適だ。……この光景を見ている間は、音のない世界が続く」

　このように象徴的な記述をしたあとでソローは山を下り、磁石を頼りに南のポントゥースク湖を目指した。現在、このあたりの一部はピッツフィールド市（マサチューセッツ州）に組み込まれている。ソローの足跡をたどろうと思うなら、アパラチアン・トレイルからジョーンズ・ノーズ・トレイルに入り、ロックウェル・ロード、クァリー・ロードへと進み、さらにノース・メイン・ストリートとルート7を経てピッツフィールドに至ることができる。途中で、ポントゥースク湖を通過する。あるいは、アパラチアン・トレイルをチェシャーかドールトンまで歩き続けると、ピッツフィールドのすぐ東側に出る。

　この日の午前中、二十四キロあまり歩いたあと、ソローはノース・ストリートの西にあるピッツフィールド駅で、友人のエラリー・チャニング（＊2）と落ち合った。この駅は、一八五四年十一月の火事で焼けてしまった。

＊2　ソローより一歳年下の詩人で、一八四〇年の暮れに知り合って以来、一緒に旅することも多く、のち

にソローの伝記を書いた。

ソローは一か月の違いで、オリヴァー・ウェンデル・ホームズ（＊3）がバークシャーの記念式典でおこなったスピーチを聞き損なった。

＊3　医師・詩人・ユーモリストとして人気があった。一八〇九〜九四。

駅から南へ五キロほど行くと、アローヘッドという場所がある。作家のハーマン・メルヴィル（一八一九〜九一）が一八五〇年から六三年まで、ピッツフィールドに来たときに寝泊まりしたセカンドハウスがあった。ソローはチャタム（マサチューセッツ州）やニューヨーク州のハドソンに行く列車の車中からこの邸宅を眺めた。七年後の一八五一年八月、メルヴィルらの一行はグレイロック山頂の測候所で一夜を過ごした。彼らは、大量のキルトやバッファローの毛皮を持ち込んだ。このとき、メルヴィルは『コンコード川とメリマック川の一週間』を持参して、ソローのグレイロック登山体験を読んだ。

引用出典『コンコード川とメリマック川の一週間』から「火曜」の項

キャッツキルズ

一八四四年七月末

ソローはグレイロックの山頂から、南西百キロの彼方にあるニューヨーク州のキャッツキルズ連山を眺望した。彼は「新しいが高い山」と記している。キャッツキルズ山は確かにマサチューセッツ州バークシャー郡のあたりと比べれば高くそびえてはいるが、付近の最高峰としてはスライド山（**一二七四メートル**）がある。ソローはこの山を、あまり上までは登っていない。ピッツフィールドからキャッツキルズまで行くため、ソローはエラリー・チャニングとともにニューヨーク州ハドソンまで列車を使った。そこから夜行の蒸気船に乗り、ハドソン川を州都オルバニーまで遡《さかのぼ》った（**ソローは一八六一年五月十三日に、「病気療養のため」ミネソタ州に行く途中、オルバニーのデレヴァン・ハウスで泊まっている**）。帰途にはこんどは川を下り、ハドソンの町とは川を隔てた対岸、西側にあるキャッツキルの村に戻った。

彼らは、タイミングがよかった。ソローがキャッツキルの村を歩いていると、そこに住んでいる二人の芸術家にめぐり会った。一人は風景画家のトマス・コール（**前出　一八〇一～四八**）で、彼は一八二五年からキャッツキルズを描いており、一八三六年からはついにここに住み着いた。もう一人は十八歳の弟子フレデリック・エドウィン・チャーチ（**一八二六～一九**

〇〇）で、六月はじめにハートフォードから出てきたばかりで、二年間コールの下で絵の勉強をすることになっていた。コールと夫人および家族は、スプリング・ストリート二一八番地のシーダー・グローヴに家を借りていた（この建物は現存している）。コールの妻マリア・バートウのおじ、ジョン・アレグザンダー・トムソンの持ち家だった。フレデリック・チャーチも、トムソンの農場に下宿していた。ソローはキャッツキル・マウンテン・ハウスに向かうところだったが、コールとチャーチはそこで五日間を過ごして戻ってきたばかりらしかった。

そのころの絵の先生は、自分が気に入っている場所に生徒を連れて行ってスケッチをさせるのが慣習になっていた。ハドソン川をはさんでキャッツキルの村と反対側にあるレッド・ヒルに、チャーチはひどく引かれた。一八六〇年には百二十六エーカー（約五十一万平方メートル）もの土地を買い、後年さらに標高の高い場所に土地を買い足して、「オラーナ」と名づけた家を建てた。チャーチは、死ぬまでここに住み続けた。「オラーナ」は州の史跡に指定され、四月から十月まで一般公開されている。

ソローはキャッツキルから西へ十九キロ、マウンテン・ハウス・ロードを経て東側の急斜面を通過し、カータースキル滝に至った（ソローがどのような手段で行ったのかは不明で、馬車で行ったのかもしれないし、徒歩だった可能性もある）。のちにウォールデンの家に関連して、ソローは「日記」にこう書いている。

「昨日、私はこの家に住み始めた。この家を見ると、私がこれまでに見てきた数々の山小屋を思い出す。オリンポスの神殿を空想するとき、これらのイメージが改めて鮮明に脳裏に蘇る。昨年の夏、私はキャッツキル山系に行ったとき、粉引き小屋のある家に泊まった。かなり標高の高いところにパイン果樹園があり、付近にはブルーベリーやラズベリーがたくさん実っていた。このあたりでは静かで清潔で涼しく、それらが一体になってこのうえない環境を作っている。神は、カータースキル滝を操作している。いくつかの滝が、一つの清純で団結した家族を形成している。――この家と同じように。この家の造りは、しっくいを使っていない。――下地の木が裸で露出していて、部屋を仕切るドアもない。高い場所にあって空気の流通もよく、いい匂いも漂っていて、旅する神に休息場を提供するにはうってつけだ。これだけ標高が高いと音楽は聞こえず、雑音もなく、すべての伴奏もキャッツキルの尾根伝いに空中回廊を吹き飛ばされてしまうからだ」

歴史家のアルフ・エヴァース（＊1）によると、ソローをもてなしたのは、アイラとメアリーのスクリプナー夫妻だったという。

＊1　"The Catskills : From Wildernes to Woodstock"（『キャッツキルズ――原野からウッドストック音楽祭まで』）など、この地域に関する著作が九冊ある。九十三歳で健在。（一九〇八～）。

アイラは、クリーク湖に製粉工場を持っていた。カータースキル滝の流れに沿ったサウス湖とノース湖から、一キロ半ほどしか離れていない。妻のメアリーが、自宅の一部をペンション的な「グレン・メアリー・コテージ」にして切り盛りしていた。ソローが訪れたころ、家はまだ建設中だった。そうだとすると、ソローは宿泊客の第一号だったかもしれないし、ごく初期の客だったことは間違いない。ジャスティン・ホメルは、次のように書き残している。「メアリー・スクリブナーが用意してくれた食事は、なかなかのものだった。いつも笑顔を絶やさず、家は清潔で、値段も手ごろだった」

近くにはパイン果樹園（標高＝六七一メートル）があり、すぐ傍の「キャッツキル・マウンテン・ハウス」は一八二三年から一九六三年まで営業していた。そのあたりから遊歩道が、北岳（九六九メートル）と南岳（七五〇メートル）および低地にあるいくつもの湖に通じていた。このあたりは、現在では州立のキャンプ場になっている。メアリーのコテージはひところ増築したものの、いまでは姿を消している。だがノース湖の北側に「メアリーのグレン・トレイル」があり、メアリー・スクリブナーを偲ぶよすがになっている。

ソローはカータースキル滝からキャッツキル・マウンテン・ハウスまで、二・四キロのトレイルを歩いたものと思われる。道すがら、北岳と南岳にそそり立つハドソン川渓谷の壮麗な風景を愛《め》で、湖で水浴も楽しんだに違いない。

バークシャー郡南部

ソローとチャニングは、マサチューセッツ州南西部のバッシュ・ビッシュ滝を経て帰路に就いた。ふたたびバークシャーを通り、ワシントン山周辺の村々やチェスターを通過した。彼らはストックブリッジかグレート・バーリントン（一八五〇年八月五日にメルヴィルとホーソーンが会った場所）の町から、モニュメント山の近くを通ったか、少なくとも遠くから見た可能性はある。二人はチェスターから列車に乗って東に向かい、八月一日にコンコードに戻った。

それから二週間後、ソローはアイザック・ヘッカー（＊2）から誘われていたヨーロッパ徒歩旅行を断り、旅行についての感慨を次のような返書にしたためた。

＊2　カトリック神父。アメリカ生まれだがヨーロッパで教育を受け、叙階された。

「私は、徒歩旅行から戻ったばかりです。あなたが提案された旅行と、似た性質のものです。（次にラテン語でウェルギリウス［前出］からの引用がある。その意味は――）『大きなものを小さなものと比べる』ことになって、キャッツキル山系とでは比較になりませんが。これはアメリカでは名の知れた山ですが、住民はパンとベリー類を食べて暮らしているようなところです。頂上も、それほど興奮を与えてくれるものではありません。私は得てして陥りがちなのですが、現在もやや落ち込んでいる状態です。あなたのお申し出にはかなり心を動かされたのですが、積極的になりたい気持ちと消極的な気分が相克して悩みました。あなたの特異な旅のやり方——沿道に『生きる』方法、つまり世界市民的な生き方をし、急ぐわけではなく、つまらない計画など立てずに先を進める方法論——これを私も真似て、自分の夢のなかに組み入れてきましたし、現在もそう心がけています。しかし私としては、自分なりの『インドシナ探検』をこれ以上、延ばすことはできないのです。これはあなたもご承知のように、異なった道程で、異なった方法で達成できるものです。言い換えれば、外面的な行動から戻ってくるたびに何かしらの嫌悪感を持ち、そのつどヒンズー教の自噴井とか精神の神殿に対する新たな信仰心を掻き立てられるのです。私の体験はすべて、そしておそらくあなたの場合も、旅はそのような現実を証明してくれるのだろうと思います」

クターディン（一六〇五メートル）

一八四六年八月三十一日～九月十一日

十九世紀の中ごろは、クターディンに登るのも難儀だったが、そこにたどり着くこと自体が大変な苦労だった。マサチューセッツ州ウォールデンに住んでいたソローは、クターディンに登って往復するのに、二週間近くを要した。ボストンから三ドルの船賃を払って、蒸気船でまずメイン州のバンゴールまで行った。ここから従兄弟《いとこ》のジョージ・サッチャーと馬車でペノブスコット川に沿って北上し、マタワムケグ（メイン州）へ。そこから十一キロあまり脇道に入り、東北方向のモルンカスに行った。これはソローが旅した最東端になる。この町の宿泊施設としては公共的なものが一つあるだけだったが、ソローによれば「それも、ときによっては旅行者で満員になる」という。彼らは翌日、徒歩で「ペネブスコット川の北側の堤沿いに、あまり画然としていないトレイルを登った」。そして「カナダまで続くだれも住んでいない野生の原野」へと足を踏み込んだ。彼らは、ジョージ・マコースリンの農場に着いた。そこでインディアンのガイド、ルイス・ネプチューンと落ち合ったが、この男は期待外れに終わった。そこでマコースリンのおやじが、「固いパンを十五ポンド（**六・七五キロ**）、みごとなブタ肉十ポンド（**四・五キロ**）、それに紅茶少々」をパックに詰めて背負い同行してくれた。一行六人は船に乗ってウエスト・ブランチ川を遡り、川に串刺しになったようないくつもの美しい湖を目にした。

「このあたりは、湖の列島だ。――ニューイングランドの湖水地帯だ」

と、ソローは記している。

ミリノケット湖とアンバジェジュス湖は、いまにもつながりそうなほど接近してたたずんでいる。風景画家のフレデリック・エドウィン・チャーチ（一八二六〜一九〇〇）がはじめてクターディン山に登ってスケッチしたのは一八五二年八月のことで、彼はそれをもとに翌九月に「クターディン湖から見たクターディン山」を発表した。その後、彼はミリノケット湖でひと夏を過ごし、有名な「クターディン山」という作品を残した。

航路の最後の十四キロあまりについて、ソローはこう書いている。

「いくつもの小さな湖を通過し、何か所もの急流に肝を冷やし、行き交う船に気を奪われ、水路を変えるために四か所で荷物の陸送をした」

一行はエイボル・ストリームという支流で下船し、それからは徒歩で進んだ。

「私たちは、最高峰の麓まで真っ直ぐ向かうことにした。左手に見える大きな流れ（エイボル川）から次第に離れ……やがてクターディンは、私がそれまで見たどの山とも違う様相を見せ始めた。圧倒的に裸岩が目立ち、森の間から急に岩がそびえ立っている。私たちはこの青い障壁を見上げながら、古代に地球をこの方向に縛り上げていた壁の名残なのではあるまいか、と思ったものだった。磁石を頼りに北東方向に進路を定めたが、これは最高峰の南の麓を目指すためだった。私たちは、たちまち森のなかに埋もれた」

この地点からだと、バクスター峰（一六〇五メートル）は、南峰（一五九七メートル）の蔭に隠れて見えない。

「山腹のあちこちに、ムース（オオヘラジカ）の割に新しいと思われる足跡があり……私たちがたどって来たのは『けもの道』だったことに気づかされることもある。……いたるところに、彼らが食い散らした残りの小枝が散らばっている。切り口は、ナイフで切り落としたかのようにすっぱり切られている。樹皮は高さ八フィートか九フィート（二メートル半前後）あたりまで、幅一インチ（二・五センチ）ほどで細長く食い剥がされている。くっきりと、歯形が残っている。いまにもムースの群れに出会うのではないかと、期待に胸を躍らせた。……

冷たい小川の水は、森のなかで空気の清浄で透明な資質を取り込む。そのような小川のほとりで、私たちは魚を料理した。固《かた》パンとブタ肉は大切でわずかずつしか分配できないので、魚もここまではるばる運んで来た。やがて、焚き火が燃えさかってきた。……　このあたりの立木で多いのは、キハダカンバ、トウヒ、モミ、ナナカマドなどで、メイン州の地元の人たちは一括して『ラウンド・ウッド（丸材）』と呼ぶ。それに通称『ムース・ウッド』と呼ばれるペンシルヴェニア・カエデも目立つ。旅は困難をきわめ、最悪と言ってもよかった。……ミズキあるいはミズキ属のゴゼンタチバナがやたらに多く、ユリ科のアマドコロ、ムースベリー（スイカズラ科ガマズミ属の低木）もふんだんに生えていた。ブルーベリーも、全行程で見かけた。ある場所では、実の重さで茂み全体が垂れ下がっているほどだった。……このようにさまざまな実が数多くあって口を和ませてくれたおかげで、くたびれた一行は多少なりとも元気づけられた」

ラム山の西にある渓谷で、高木限界《ティンバーライン》（＊1）に近い標高一一六〇メートル付近のキャンプ地から、一行は午後四時ごろに出発した。

＊1　それより標高の高い地点では、背の高い樹木は生えない。

ソローは、クターディン山の登山について、次のように書いている。

「この渓谷を流れる急流に沿って登っていく際に、――私としては、この『登る』という点を強調しておきたい――目の下、二十フィートか三十フィート（六～九メートル）ほど垂直に切り立っている岩壁を横目で見ながら、自分の体を持ち上げていかなければならない。頼りにできるのは、モミやブナの根だけだ。細い流れの上で、平らな個所は一ロッドか二ロッド（五メートルか十メートル）しか続かず、そのような地形が途切れることはない。眼下の川をまたぎながら、巨人のように大股で登り続ける。木が生えている地帯はすぐに通り過ぎ、あちこちにある岩棚で休息し、来し方を振り返る。……難路の連続で、落っこちたり、よじ登ったり、転んだり、飛び跳ねたり、歩いたりを繰り返し、私はようやく山腹、というかこぶに到達した。そこには灰色でもの言わぬ無数の岩が堆積しているが、放牧された家畜が日没のなかで岩間の乏しい草を食《は》んでいる。動物たちは鳴き声も立てずに、灰色の鋭い目でこちらをじっと見ている。私は雲の端に姿を隠すようにし、その夜の行軍を切り上げた」

ソローは、キャンプ地の仲間のところに戻った。

「このあたりにヒマラヤ杉はないので、もっとゴツゴツした葉のトウヒを使ってベッドをこしらえた。いずれにしても、立木から枝をもぎ取らなければならない。一夜の床を作る場所としては、頂上より壮大で、もっと荒涼としているのではあるまいか。なにしろ近くには太古の木々が繁り、急流の音も聞こえているのだから。……」

朝（九月八日）、空腹を生のポーク（ハム）をはさんだ固パンと湧き水でごまかし、私たちはまた滝に沿って登り始めた。こんどは流れの右側を進み、前に目指した峰とは異なる最高峰に向かった。だが後方の仲間たちの姿は、すぐ尾根に隠れて見えなくなった。前方の目標は、進むにつれてつねに後退しているような感じを受ける。私はただひとりで、危なげなバランスで突っ立っている巨大な岩をいくつもよじ登り、一マイル（一・六キロ）あまり進み、雲がかかっているあたりまで来た。――この日、周囲は晴天だったが、頂上には霧がかかっていた。山全体に岩石が不安定な状態で堆積している感じで、雨のたびに山腹を滑り落ち、安住場所を決められないかのようだ。お互いに倒れかかりながら支え合っている〝揺れ岩〟状態なので隙間だらけだが、ほとんど土はないし、平坦な岩棚も見当たらない。いずことも知れない採石場から、惑星の原材料を運んできてぶちまけたような状態だ。自然がいとおしげに、時間をかけて緑の平原や渓谷に対しておこなっている壮大な営みの結果である。それが、地上でまだ進行中の先端にある事例だといえそうだ」

「尾根の頂上」で、編者の私は、ソローが南峰とバクスター峰の間に立っている姿を想像した。——彼は、雲に包まれていた。

「澄んだ陽光のなかで、私は立っている場所から風で一メートル近くも吹き飛ばされそうになった。やがて薄暗く灰色になりつつある光のなかで、風が強まったり弱まったりするのにつれて、雲も浮いたり沈んだりを繰り返した。頂上は瞬間的に晴れて陽光が微笑むこともあったが、『勝ち』の反面には『負け』もあった。たとえて言えば、煙突の上に腰掛けて煙が吹き飛ばされるのを待っている感じだった。ここは事実、雲の工場で——すべてが雲による作用だ。そして風の仕業によって、冷たく、裸の岩から雲を引き剥がす。ときに風の柱が私を襲ってくると、右にも左にも黒っぽく湿った断崖が垣間見える。私との間には、絶えず霧の幕が流れている。この光景を見て、アトラス（＊2）ウルガヌス（＊3）キュクロプス（＊4）プロメテウス（＊5）など、ギリシャ神話の神々にまつわる叙事詩や劇的な詩人を思い起こした」

＊2　巨人だが、オリンポスの神々に背いたため、肩で天空を支え続ける罰を受けた。
＊3　火と鍛冶の神。ウゥルカヌス、ヘパイストスとも呼ばれる。
＊4　一つ目の巨人。
＊5　オリンポスの神殿から火を盗んで人間に与え、人間を守った。そのため、岩に縛り付けられて大鷲の餌食にされた。

「ここはコーカサス山脈であり、あれがプロメテウスが縛り付けられた岩だ。アイスキュロス（＊6）は間違いなくこのような光景を見たに違いない」

＊6　ギリシャの悲劇詩人。五二五〜四五六ＢＣ。「縛られたプロメテウス」という詩がある。

「タイタン（巨人）のように、広大な風景だ。人間などは、住んだことがない。それを見ている登山者は、登っていくうちに、体の重要な一部を失ってしまうかのようだ。骨が、粉状になってしまうのかもしれない。おそらく、思っている以上に孤独なのだろう。……

山頂というものは、地球の未完成部分だ。山に登ることは、神に対するささやかな冒涜《ぼうとく》なのか、人間性にも関わってくる問題なのか。大胆で傲慢な者だけが、敢然と挑戦するだけなのか。野獣のように単純な動物は、山になど登らない。――山頂は聖なる場所であり神秘な地域でもあるから、野生動物などは決して訪れない。ポモーラ（＊7）は、クターディンの山頂に登った者に対してつねに怒りを表していた」

ペノブスコット川周辺の住民にとって、ポモーラは神聖な山に取り憑いている霊魂ないし悪霊《あくりょう》なのだった。

＊7　この悪霊の怒りを静めるためには、ラム酒のびんを山頂に置いておくといい、という話をソローは聞き書きで記している。

視界がよくなるのをあきらめたソローは、下山を始めた。

「仲間たちとは、先ほど別れた山腹の地点でふたたび合流した。みな、山のクランベリー（ツルコケモモ）を熱心に集めていた。岩の裂け目には、ブルーベリーとともにたくさん実っていた。高い地点に行くほど、風味がよくなる。しかも、味が口に合わなくなるわけではない。このあたりに人びとが定着するようになり、道路が建設されるようになれば、このクランベリーは商品になることだろう。辛うじて雲間に隠れていないこの付近から下界を見ると、西から南にかけての田園風景が百マイル（百六十キロ）もの遠方まで見渡せる。メイン州の地形がよく分かるが、地図で見慣れた感じとはかなり違う。無限に広がる森林が陽光に輝き、東側にはマサチューセッツ州が広がる。森の切れ目は見当たらず、家は一軒もない。孤独な旅行者が、杖を一本、切り出した気配さえない。

数え切れないほどの湖がある。——南西方向には、長さ四十マイル（六十四キロ）、幅十マイル（十六キロ）のムースヘッド湖（＊8）が、テーブルの端に置かれた銀皿のように輝いている。

＊8　ムース（オオヘラジカ）の巨大なツノのような入り組んだ形をしている。以下の湖とともに、すべてメイン州。

チェサンクック湖はやや小ぶりで、長さ十八マイル（二十九キロ）、幅三マイル（四・八キロ）で、島はない。南のほうのミリノケット湖には、数百もの島がある。そのほかに百にものぼる湖があり、名前がないものさえある。山にしても同様で、インディアンは名前を付けているかもしれないが、一般には知られていないものも数多い。

森は、固い草でできた刀のように見える。森のなかの湖というこの情景を見て次のように表現した人があったことを思い出す。

『鏡が何千もの破片に割れて草の上に散らばり、陽光を反射して輝いている』（J・K・ラスキ）（＊9）」

＊9　『クターティン山におけるヤング博士の植物採集行』（一九二七）の著作がある。

一行は、エイボル川に沿って帰路に就いた。

「この川を、何回も右に左に渡った。岩伝いに飛び渡ったり、小滝のところで二メートルあまりも飛び降りたりした。ある個所では、岩の上に寝る格好で、薄い水の幕に乗って滑り降りた。……早く下りたいという衝動があったため、きわめて迅速に行動した。岩を飛び移る必要がひんぱんにあったので、前方に適切な岩があろうとなかろうと、私たちはかなりうまくなった。……空気は冷えていたし、冷たい清水に何回も足を浸けたり水浴したりしたので、行程の途中で繰り返しリフレッシュできた。急流を離れてからのもの一マイル（一・六キロ）か二マイル歩くうちに、私たちの衣服はたちまち乾いた。これは、空気が乾燥しているせいなのだろうか。……

クターディン山は原始そのままの世界で、人間が手なずけていない場所であり、永遠にこのような状態が続くに違いない。自然が……山のこのあたりに降りてきている。……人間が住んでいない地域を想像することは、かなりむずかしい。私たちはふだんから、神がどこにでも存在していてあらゆるところに影響を与えている、という認識を持っている。だが純粋な自然というものは、眼前にあるように雄大で荒涼としていて、人間を寄せつけがたいものだということを自らの目で見ない限り、都会のなかではなかなか存在を確認できない。ここにある自然は美しくはあるが、野性味あふれる原初の姿のままで、恐ろしさを秘めている。私はこれまで歩んで来た道を畏敬の念を持って振り返りながら、自然の力がどのような形や姿、原材料を作り上げてきたのか、に思いを馳せた。これは、先刻ご存じの地球であり、『混沌《カオス》とオールド・ナイト』（＊10）から創り出されたものである」

＊10　この表現は、ゾロアスター教、ユダヤ教、イスラム教を含めたすべての宗教に出てくる、あらゆる天使や悪魔を総称したもの。

「ここには人間が作り出した庭園《ガーデン》などはなく、ご祝儀やお祝いごととは無縁な世界があるだけである。芝など植えられていないし、田園風景も存在しない。牧場もなければ造林地区もない。草地も耕作地も、開墾を待つ荒れ地もない。地球という惑星ができたままの姿で、人工物の加わらない天然の地表そのものである。……自然の環境における、私たちの生活のことを考えてみて欲しい。――日々そのような状況に囲まれ、親しく接触する。――岩石、樹木、頬をやさしくなでる風！　これこそ、本物の世界だ！　常識だ！　身近に接して、交われ！　私たちは、いったい何者なのか。どこに存在しているのか」

午後二時には、一行はエイボル川のとっつきに近い船着き場に戻った。全員で食事し、四時にはペノブスコット川の「ウエスト・ブランチ」という西側の支流を下り始めた。

「私たちは滑らかな流れを素早く下って行き、立ち上がるのになんの支障もなかったが、やがて危険が出てきた。いたるところ岩だらけになり、もし座礁でもしようものなら、船はたちどころに水びたしになってしまう」

だが一行は、事故にも遭わず、三日後にはバンゴールに戻った。ソローは直ちに、「蒸気船でマサチューセッツへの帰路に就いた」。

ソローは、ジョゼフ・モルデンハウアー（＊11）が「哲学的な締めくくり《コーダ》」と呼ぶ方式で締めくくっている。

＊11　ソローの『コッド岬』（一九八八年版＝プリンストン大学出版会）で、解説を書いている。

三ページと四分の一にわたって、およそ次のようにまとめてある。

「メイン州の最も野性的な面で印象的なことは、森林が延々と続いていることだ。……山火事で焼けた例外的な場所を除いて、多くの川が走る土地、樹木のない高峰の山頂、湖も流れも森林も永遠の営みを続けていて、なんの妨げを受けることもない。想像していたよりはるかに手強く、野性に満ちていた。じめじめしているうえ、原初の野趣が絡み合っている。……」

今回、旅をしてみて実感したのは、このあたりが人類にとって新たな、いまだ未知の場所だ、という点だった。……アメリカには、まだ人が住んでおらず、開発も進んでいない地域がある。……いまだに、人が住んでいるのは沿岸だけだ。そして海軍が戦艦を浮かべている水をもたらす川がどこから流れ出してくるのかさえ、追究しようとしない。……私たちは大いに飛躍して、太平洋に進出した。だが近くにあって、もっと狭いオレゴン州やカリフォルニア州は、探索もせずに放ってある。メイン州の沿岸部でも鉄道や電報は普及したが、インディアンたちはいまでも山の奥深くに潜んでいながら、海岸のほうまで目配りを欠かさない」

引用出典：『メインの森』（「クターディン」の項）

キネオ山（五五〇メートル）

一八五七年七月二十日～八月八日

ソローはメイン州に戻り、ポートランド（＊1）で、一八四九年三月二十一日と、一八五一年一月十五日に講演をおこなった。また一八五三年九月には十五日間にわたってこの町に滞在し、子細に見て歩いた。

＊1　**全米にはポートランドが七か所あまりあるが、これはメイン州南西部の港町。**

だがそのとき、ソローは登山していない。のちにキネオ山の近くまで来たときも、ムースヘッド湖を蒸気船で行ったり来たりしているが、山は遠くから眺めただけだった。

「このあたりの風景は野性味にあふれているばかりでなく、きわめて変化に富んでいて興味が尽きない。四方を見渡すと、遠くに近くに山並みが続く。だが北西方向のいくつかの山頂は、いま雲に隠れている。しかし湖から見える山としてはキネオ山が傑出していて、ほかの山々は引き立て役にしかならない。……

湖の東側中央部、キネオ山麓に近い部分では細い半島が湖に突き出ていて、ここに船が着いた。みごとな岸壁が、山の東側、つまり湖に面して見える。これが頂上まで垂直にそそり立っているので、てっぺんから飛び降りれば、何百フィートも落下して、岬の向こう側で水に突っ込むことになる」

ソローが最後にメイン州を旅したのはまたもやムースヘッド湖で、このときはブナの樹皮で作ったカヌーに乗り、ペノブスコット・インディアンのガイド、ジョー・ポリスに案内してもらった。コンコードの弁護士、エドワード・ホーも同行した。一行はキネオ山に一泊し、観光客よろしく、頂上からの眺望を楽しんだ。ソローは、そのときの状況を次のように描写している。

「左手に、スクォー山（九七四メートル）が黒くそびえていた。……東には、インディアンがスペンサー・ベイ山（九八五メートル）と呼びならわしている峰が望める。北の前方には、キネオ山が迫っている」

ニューイングランドでは最大の湖であるムーアヘッド湖は、このような秀峰に囲まれてますます引き立てられる。湖の南端グリーンヴィルからキネオの山麓まで、ソローを真似て二十八キロを船で行くこともできるし、グリーンヴィルより三十キロ北のロックウッドから、八百メートルほど湖を横断してキネオに行く方法もある。

「小さな湾を横切っていたとき、わずか二、三マイル（三、四キロ）先にキネオ山が黒くそびえていた。インディアンのガイドが熱心に繰り返し説明したところによると、この山はメスのムース（オオヘラジカ）だったのだが、なんとかいう名の勇敢なインディアンが格闘の末にこのムースの女王を殺し、その子もペノブスコット湾のどこかの島で殺されてしまった。ガイドによれば、山容はいまでもムースが休息を取る姿を残しているという。急峻な絶壁が、頭の部分だというのだが……。

私たちは、荒波を乗り越えてふたたび陸地に近づいた。それから水路が最も細くなっている部分を通って東側に渡り、山おろしの強風に半ばさらされるところに来た。宿泊施設のあるキネオ・ハウスから、一マイルほど北に当たる。二十マイル（三十二キロ）ほど、船で来たことになる。もはや、昼に近い。

私たちは、ここで午後から夜を過ごすことにした。そこで湖岸を北に向けて歩きながら、キャンプに好適な場所を三十分もかけて捜した。……そして半マイル（八百メートル）も北に行ったところで、山腹のトウヒとモミの木が密生している森を六ロッド（約三十メートル）ほど分け入った個所に、地下倉庫のように暗いが開けて平らな部分を見つけ、低い茂みをいくらか切り倒して野営地にした。……

食事のあと、私たちはカヌーで湖岸沿いに南に戻った。岩場や倒木を踏み越えて登り、断崖の縁を進むことは不可能に思えたからだった。だがすぐに激しいにわか雨が降り始め、インディアンのガイドもカヌーのなかで遮蔽物《しゃへい》に隠れた。私たちはゴムの雨合羽《あまがっぱ》を着ていたので、そのまま植物採集を始めた。インディアンを雨やどりのためキャンプ地に降ろし、夜になったら彼自身のカヌーでやって来る、という手はずにした。午前中はときに雨が降ったものの、私たちはこれから晴れる前ぶれのにわか雨だろうと解釈した。はたして、その通りだった。だが歩いているうちに、濡れた茂みのおかげで足先も足全体もぐっしょりになった。雲がいくらかとぎれ、登るにつれてすばらしい自然の風景が眼前に展開してきた。広い湖面にはさざ波が立ち、木々が生い茂った無数の小島が北にも南にもはるか彼方まで点在している。湖畔の四方には、ライ麦畑のように密に繁った森が波打って広がっている。森林は、無限に連なる名もない山々を覆い尽くしている。だが目を引くのは、西側の大きな島の遠方に、湖の端が望めたことだった。そのときは、あれがムースヘッド湖の一部だと信じて疑わなかった。最初のうちは、干し草でできた帽子のように見える島の木々の向こうで、白い線が途切れがちに見えるだけだった。だが少し高みに上がると、線は湖全体につながっていた。その向こう側は、地図で見ると二十五マイル（四十キロ）ほど遠方にあるボールド・マウンテン（裸山＝一一〇九メートル）のようで、ペノブスコット川の水源あたりにそびえている。森に囲まれた、完璧な湖だ。だがこのような光景を見ることができたのも、ごく限られた時間だけだった。雨は、完全には上がり切っていなかったからだ。

南の方角を見ると、雲がかなり低くたれこめている。山頂も雲で覆われ、ムースヘッド湖も薄黒くて嵐のような様相を呈している。……

私としては、もちろん絶好の天気のもとで山をはじめとする風景を見たいのはやまやまだが、悪天候でも気にはしない。好天のときにまた来る、という楽しみができるからだ。私たちは、最高のムードだった。自然はあくまでもフレッシュで、いやがうえにも気分を高揚させてくれた。涙ぐんだ目に映ったこの風景ほど清純なものを、見たことがない。

キネオ山は、ほぼ石英系の角岩《ホーンストーン》でできている。メイン州で最初の地質学専門の公務員になったチャールズ・T・ジャクソン（**詩人エマソンの義理の兄弟**）は、ソローによると、こう言っていたという。

「このあたりは、角岩が世界で最も大量に集まっている地域だ」

ホーンストーンという名称はもはやすたれていて、現在では「ライオライト（**流紋岩**）」（＊2）と呼ばれる。この岩石が多量に集積している場所は、現在ではほかにも知られている。たとえば、クターディン山の北方にあるトラヴェラー・マウンテンだ。ソローは、次のように書いている。

＊2　**石英粗面岩ともいう。噴出岩で、花崗岩に近い。**

「この岩石を材料にした鏃《やじり》を、何百も見つけた。普通はスレートのような色（**青みがかった灰色**）をしていて、白い小さな斑点が散らばっている。掘り出して太陽と空気にさらされると、全体に白っぽくなる。貝殻のように薄く割れ、割れ目はぎざぎざになる。……

山の裾野は半島状になって南と東に延びており、絶壁の頂上からの眺望は絶品だ。標高は六〇〇フィート（**現在の測定値では七七七フィート＝二三七メートル**）で、ここから直接、海に飛び込めそうな気がする。あるいは、本土とつながっている細い岬で、箱庭のように見える木々の上に軟着陸できそうな感じでもある。とんでもない発想を誘う、危険な場所だ。……

この山でとくに注目を引く植物はバラ科のキジムシロ類（＊3）で、数も多いし、麓でも水辺で満開だ。普通これくらいの緯度だと、山頂付近にしか見られない種類なのだが。

＊3　キンロバイ（金露梅）、ギンロバイなどの多年草で、五本指のような葉をしている。

とても美しいホタルブクロが、崖から垂れ下がっている。クマコケモモ、コイチゴツナギ（**カナダ・ブルーベリー。ベルベットのような葉を持つ低地のブルーベリーで、学名V・アングストフォリアムという種類に似ている**）もあり、後者は早い時期に実をつける。茎にも葉にも、うぶ毛のようなものがついている。マサチューセッツ州では、見たことがないものだ。ほかにはスイカズラ、ヤチラン、はじめて目にするラン科の植物、フサアオイ、大きな丸い葉を持ちあまり花が長持ちしない、学名プラタンテラ・オルビクラータというラン、頂上に咲く学名スピランテス・チェルヌア（**俗名「うなずく婦人の髪の毛」**）という花、ミズキ属のゴゼンタチバナは麓ではグリーンだったが、登るにつれて赤っぽくなり、頂上では真っ赤だった。また学名をウッドシア・イルベンシスというイワデンダ属の小さくて赤茶けたシダは、胞子を付けている。私はここで、スズムシランも採集した。山の神秘も満喫したし、天候も回復し、私たちは気分よく下山を始めた。三分の二ほど下った地点で、例のインディアンのガイドが登ってくるところに出会った。彼は頂上も間近だと思っており、息を弾ませていた。彼が異常にくたびれて見えたのは、迷信のためかもしれない。彼はひょっとすると、巨大なムース（**オオヘラジカ**）の大きな背中を這い登っていると思っているのだろうか。彼は、キネオ山には登ったことがない、と白状した。カヌーまでたどり着くと、私たちが登山している間に彼が釣り上げた重さ三ポンド（**一・三五キロ**）もありそうな鱒《マス》が目に入った。深さ二十五フィートか三十フィート（**八ないし九メートル**）のあたりだったろうという」

その夜、ソローは歩いているうちに夜行性の光った樹木を見て、思わず感嘆の声を上げた。彼は、次のように記している。

「あちこちに目配りしていると、さまざまなことに気づく。これまで以上に、そう実感した。木々にも、寄生生物がいないわけではない。私のように正直で善良な精霊なら、いつの日か、自然にできた幹の虚《うろ》ではなく、きちんとした住宅に住めるのではなかろうか。――そして私自身も、瞬時なら精神的に精霊の仲間入りできるのではないかと思っている」

引用出典：『メインの森』から「チェサンクック」および「アレガッシュとイースト・ブランチ」の項

アンキャノナック山

一八四八年九月四日～七日

「ニューハンプシャー州南東部のゴフスタウンにあるアンキャノナック山は、五ないし六マイル（八ないし十キロ）ほど西のアモスケグからも眺めることができる。私の地元マサチューセッツ州コンコードからだと、地平線の北東端に見える。だが薄青く霞んでいるだけで、実際に登ったときの印象と比べるとはるかにインパクトが薄い。アンキャノナックとは、（インディアンのことばで）「二つの乳房」を意味するという。ちょっと離れた二か所が、空に向かって突き出ているからだ。最も高いところは約一四〇〇フィート（北岳で、正確には一三二九フィート＝四〇五メートル）。おそらくほかのどの峰の頂上と比べても、メリマック渓谷周辺の広大な広がりを眺めるには最も適した場所だろう。もっとも、樹木のために視界が妨げられている個所もあるが。メリマック川の全貌は、なかなか眺められない。しかし川堤の砂地をたどっていけば、流れの位置は下流まで確認できる」

友人のエラリー・チャニングと登山に出掛けたこのときよりかなり前の一八三九年九月、ソローはコンコード近辺のメリマック川からアンキャノナック山を眺望している。そしておそらく、ワチュセット山に登ったとき（一八四二年）にも眺めたものと思われる。また一八五二年九月六日には、ピーターボロー・ヒルズ（ニューハンプシャー州）から見たと記している。さらに一八五八年七月十八日にはマナドノックの山頂から、そして馬車で西に向かうときにも間違いなく目にしているはずだ。

ソローらの旅程は、コンコードを出て二十八キロ離れたメリマック川沿いのティンズボロー（マサチューセッツ州）に行き、ダンステイブルを経て、ニューハンプシャー州マンチェスターの南側でメリマック川のムーア滝（この間二十六キロ）に至るものだった（ソローは一八三九年に、難儀しながら通過している）。二人は、滝の近くでキャンプしたのではないか、と想像できる。一日で五十四キロを踏破するのは、三十一歳のソローにとってもかなりの強行軍だったからだ。一行は翌朝、西へ十四キロあまり進んで（これは直線距離で、道なりに行けば十九キロあまり）アンキャノナックに達した。この地点から彼らが眺めたのは、メイン州ヨーク郡のアガメンティカス・ヒル（二一一メートル）、ニューボストンの西六キロほどにあるジョー・イングリッシュ・ヒル（三九三メートル）、その先のキアサージ山（八九五メートル）などで、この山頂には、いまでは携帯電話用の通信塔が設置されている。北には、ウィニペソーキー湖の南西にベルクナップ山脈の一つグンストック山（六八六メートル）がそびえ、その遠方にはホワイト山脈が連なっている。

北峰と南峰は接近しているので、ソローはおそらく両方とも制覇したに違いない。二つの峰の間には道が通っていて、それに連なるボッグ・ブルック・ロードを行けば、北峰を周遊することができるが、いまではかなり多くの民家が建っている。十月になると、ハシバミの花が華やかに咲きそろう。自然遊歩道《トレイル》ともう一つの道があり、ともに南峰（四〇三メートル）へと通じている。マウンテン・ベース・ポンド（裾野湖）の湖畔からのどかに登ってくるトレイルを歩いていると、氷河が残した数多くの迷子石が目に入る。ソローも、気づいたのではあるまいか。立派なベイツガ（米栂）やブナの木が目立つ。頂上には雑然と囲われた通信塔があって、風情に欠ける。それに比べると、北峰のほうが野趣がある。

下山した二人は、三キロあまり北に歩いてゴフスタウンという小さな村まで行った。村の中央をピスカタコッグ川が流れ、村は分断されている。ここから十七キロほど北東に行くと、メリマック川沿いにフックセットの町がある。二人は、ここで一泊した。翌日、二人はピナクルの丘に登り、ソローはこう記した。

「フックセット滝の近くにある、木が繁った小さな丘で、高さはわずか二〇〇フィート（六一メートル）ほど［実際には一四八メートル］だが、地面から急に立ち上がっている。アンキャノナック山はメリマック渓谷を眺め渡すにはおそらく最適の地点だが、この丘はメリメック川を眺望するにはベストだろう。私は頂上で、長さ数ロッド（一ロッドは約五メートル）ほどの崖っぷちの岩に腰掛けた（一八四八年九月六日）。天候はよく、日没時には渓谷を光が満たした。メリマック川は、上流も下流も数マイルにわたって見渡すことができた。広くてほぼ真っ直ぐなこの川は、陽光を受けて息づいていた。光って泡立つ滝がいくつもあり、流れを二分する中の島もある。

川岸のフックセット村は、すぐ足元に横たわっている。目と鼻の先にあるので、村人と話ができそうだし、裏庭を目がけて石を投げることもできそうな気がする。西側の麓には森のなかにピナクル湖があり、北と北東には山が迫っている。完全無欠ともいえる美しい光景で、旅人たちは思わず足を止めて見入ってしまう」

私は一九八四年にフックセット村に来た際に、ジョージ・ロビーの雑貨屋に入ってピナクル湖に行く道を尋ねた。そのときロビーは、店にある二つのテーブルの一方でたまたまコーヒーを飲んでいた、丘の地主である男を指し、「彼に聞くのがいい」と言った。私は自己紹介してこのアーサー・ロックに尋ねたところ、次のような話をしてくれた。彼の父が一八七〇年にピナクルの丘を買い取り、道づたいに上がれる頂上にダンスホールを建てた。彼の説明によると、こうだ。

「頂上には高さ十八メートルもの塔があり、そのてっぺんからはポーツマスやボストンが眺められたし、ホワイト山脈だって見えたかもしれない。わし自身は登ったことがないから分からんが、そういう話じゃった」

彼は行き方を教えてくれ、訪問の許可も与えてくれた。

「3Aの道路を北に向かい、在郷軍人会の建物を過ぎ、次を左に折れてパイン・ストリートに出る。次をまた左に曲がって、アードン・ロードに出る。これは行き止まりになるんで、そこから旧道を通って頂上まで行ける」

アードン・ロードが終わるあたりで方向を変えると、ピナクル湖への小道が見つかった。だが東側には州間高速道路「インターステイト９３」が走っていて、徒歩で行くことができない。私たちは、ソローの描写を確認するにとどまった。

［追記］　アーサー・ロックはいまでもピナクルの丘を所有しているし、今後も手放すつもりはない。彼は図書館の勤務を続けるかたわら、日本軍による捕虜体験を軸にした自伝を書き終えたところだ。

ソローはフックセットから南のハンプステッドに行き、イーストロードにあるキャレブ・ハリマンのタヴァーンで一泊した（**この施設は、現存していない**）。ソローたちは翌日、プレイストウ（ニューハンプシャー州）とフェイヴァーヒル（マサチューセッツ州）を経てコンコードに戻った。

引用出典：『コンコード川とメリマック川の一週間』から「水曜」と「木曜」の項

ワンタスティケット山（四一二メートル）

一八五六年九月五日～十二日

「ブラットルボロー村（＊1）のすぐ近くには原始のままの森があるし、対岸にワンタスティケット山が迫っていて、得がたい立地条件を備えている。……この永遠の山は絶えず村に影響を与えていて、日照時間を短くしているし、毎朝、霧で覆い尽くす。

＊1　ヴァモント州の南東部、マサチューセッツ州にも近く、コネチカット川に沿った町で、現在はリゾートタウン。

村の街路からは、山頂を急角度で仰ぎ見る形になる。ここには、かなり大きな精神病棟がある。だが住民がこの山をけなしたら、バチが当たる」

ワンタスティケット山（別名チェスターフィールド山）は、ブラットルボローと分かちがたく結びついているが、山はコネチカット川をはさんだ対岸、ニューハンプシャー州のヒンズデールとチェスターフィールドの間にある。私は十五年間にもわたって、この山が日々どのような変化をとげるのか、観察し続けてきた。緑色だった山腹が、十月になるとホワイトバーチ（**オウシュウシラカバ**）のために黄色く染まり始め、やがて樫の葉が銅色に変わって紅葉は最高潮に達する。秋の午後の日差しは斜光で柔らかく、澄んでいる。そのような光に照らされた黄色のカエデ、茶色のアメリカカラマツ、黒い水……超越した感覚がみなぎっている。

ワンタスティケット山は保護されているから、永遠に野性を保っている。ソローが脇を通った精神病棟は、一八三四年にヒンズデールのアナ・ハント・マーシュの地所に建設され始めたもので、一八四九年からは一エーカー十ドルで山の一部を購入していった。精神病棟はブラットルボロー療養所と改称し、一九四三年には環境保護のためワンタスティケット山の地所をニューハンプシャー州に返還した。

ソローはこの村のチェイス・ストリート十二番地にあるアンとアディソン・ブラウンの家に、四日間、滞在した。——この建物は、現存している。アディソン・ブラウン（**一七九九～一八七二**）はハーヴァード大学と付属のプロテスタント神学校を卒業し、アン・エリザベス・ウェザービーと結婚してブラットルボローに移り住んだ。彼はユニタリアン教会の主任牧師になるとともに、いくつもの学校の監督官を勤め、晩年の十年間は「ヴァモント・フェニックス」紙の編集長もやった。妻のアン（**一八〇七～一九〇六**）は熱心な読書家で、『ウォールデン——森の生活』も、耽読《たんどく》したに違いない。植物についても詳しく、人がらは「明るくて強靱で、陽気だし優しく、根っからの善人だった」（**メアリー・キャボットは著書『ブラットルボロー史』で、そう評している**）。彼女は、ソローを自宅に招いた（**レイモンド・ボルスト『ソロー年譜』**によると、一八五五年一月二十五日)。

ソローは連日、コネチカット川やウエスト川、コールドウォーター遊歩道、ウェットストーン渓流の近辺などを散策した。この小川のあたりは、一八四五年にロバート・ウェッセルホーフトが創設した「ブラットル水療法センター」で治療を受けている患者たちが歩行訓練をする場所でもあった。翌年の三月には、多くの患者に交じってハリエット・ビーチャー・ストウ(コネチカット州生まれの作家。『アンクルトムの小屋』で有名。一八一一〜九六)も療養のためにここを訪れ、入浴し、冷たい水を飲み、ソローがのちにたどることになる新しい道を歩いた。ストウとともに治療に来た女性のなかに、キャロライン・スタージスがいる。詩人のエマソン(一八〇三〜八二)は、一八四五年七月にミドルベリー・カレッジの卒業式で祝辞を述べてコンコードに戻る途中で、芸術志向の若い友人である彼女に会うため、わざわざここに立ち寄っている(『ラルフ・ウォルドー・エマソン書簡集』一八四五年七月十五日)。

ソローは、このあたりが植物採集にはうってつけの場所だと気づいた。彼は多くの植物を識別し、押し葉の標本を作り、ラズベリーを摘んで食べた。彼が最も喜んだのは、ウェットストーン・ブルックのほとりに、高さ二メートルあまりのレザーウッド(カワノキ)(*2)の茂みを見つけたときだった。

*2 ジンチョウゲ科。樹皮が強いところから、「革の木」の名がある。

「川沿いの低地で、これだけ密集して生えているのはめずらしい。葉は、ササフラス（クスノキ科）のように広く、いまや黄色くなりかけている」

「インディアンのロープ」ともいわれるこの木の茂みに大いに興味を持ったソローは、「小枝を切ってみた。牛の革のように強靱で柔らかかった」。

彼は、日記にも詳しく書いている。

「フロスト（後述）によると、ヴァモントの農民たちは、この繊維で柵の棒や板を縛るのだという。確かに、このような用途に使える木はほかにない。彼の話では、乾いても強いそうだ。農民たちは、この木を育てれば役に立つと思う。森や畑に出ているとき、紐や縄が欲しくても、手元にない場合がよくあるものだ。この木は、自然がそのために作ってくれたものに違いない」

チャールズ・クリストファー・フロスト（一八〇五〜八一）はブラットルボローの靴屋だが植物学者といえるほどヴァモント州の植物に詳しく、ソローも親しく付き合っていた。そこでソローは、次のようなエピソードも紹介している。

「二、三週間前に大雨が降ったあと、この渓流（ウェットストーン）は、それまでになかったほど増水した。橋も道路も流されてしまい、川底も削られてしまった。新たな水路ができ、二つの流れの間は砂と砂利で埋め尽くされた。樹木（スズカケなど）は倒された。このようにして、何エーカーもの土地が埋もれた。フロストは、筏《いかだ》に乗って逃げたと言う」

ソローは、ジェイコブ・ビゲローの『アメリカの薬草』を読んでおり、レザーウッドのことも知っていた。だがそれまでは、文字で読んだことがあるだけだった。この木はニューイングランドには割に多いのだが、コンコードのあたりには見当たらない。ヴァモント州の文化遺産プログラムの責任者であるロバート・ポップが私に語ってくれたところによると、ソローの時代でも、バーリントン（＊3）まで行けばシャンプラン渓谷でお目にかかれたはずだという。

＊3　**ヴァモント州北西部の町。**

エコロジストのトム・ウェッセルズはパトニー（＊4）の山の尾根で私にその存在を示してくれたが、私はブラットルボローでも自分の目で確認した。

＊4　**ブラットルボローのやや北で、バーリントンよりはるかに近い。**

ソローはブラットルボローに終日滞在した最後の日に、コネチカット川を渡ってワンタスティケット山に登った。同行したのは、ブラウン家の五人の子どものうち、長男で二十二歳のフランシスと十四歳の末っ子メアリーだった。

「山の高いところではアスターの花ざかりで、大葉のもののなかには枝がふたまたに分かれて白い花をつけるものもあった。頂上は樹木で覆われていた。川を六十キロから八十キロも遡るとアスカトニー山（ヴァモント州＝一〇一二メートル）は見えるが、森が邪魔してマナドノック山は見えない」

アスターは現在でも、大葉のものも白い花のものもはびこっている。山火事や蛾の大発生、樹木の密集ぶりにもめげていない。山が最も輝きを見せるのは、六月の半ばごろ。展望がすばらしいのは、西から南にかけてだ。

引用出典：『ヘンリー・D・ソローの日記』一八五六年九月五日〜九日

ブラットルボローないしその近辺で、マナドノック山が眺望できる個所はいくつかある。イギリス人の作家ルドヤード・キプリング（**一八六五〜一九三六**）夫妻は、一八九二年から九六年まで、ブラットルボローに住んでいた。夫人のキャロライン・バレスティアが、ここの出身だったからである。ノーラカにあった彼らの自宅から、マナドノック山が望めた。キプリングは、こう書いている。

「最も遠い山並みの彼方は松林が青く霞んでいるが、ひとつだけそびえた峰が見える。――本格的な山で、丘などではない。巨大な親指を、天に向かって突き出している感じだ」

歩くならば、ソローがたどった道を跡づけるのが賢明だろう。ブラットルボローの鉄道駅から、徒歩で中の島伝いにコネチカット川の橋を二つ渡る。左に折れて、マウンテン・ロードを北上し、ワンタスティケット・トレイルに入る。これは昔の馬車道で、頂上までつながっている。川沿いの山道は、なかなか楽しい。翌日はソローの足跡に従って列車に乗ってさらに北に向かい、ベローズ・フォールズまで行く（**これについては、次の「フォール山」の項を参照**）。

一八五八年四月二十三日にメアリー・ブラウンからケシ科のサンギナリアやメイフラワー（＊5）の花をもらったソローは、次のようなお礼のことばを記している。

＊5　ヘパティカ、アネモネ、メイアップルなど五月に咲く花々。

「ご両親にも、よろしくお伝えください。次にブラットルボローかチェスターフィールド山を訪れることがあったら、必ず伺います。山にも、できればお伝えください。一インチたりとも、移動する気配はありませんから」（**『書簡集』**）

ソローがふたたびワンタスティケットを訪れることはなかったが、いまでもサンギナリアの白い花は、この地に春の訪れを告げる季節の便りになっている。

フォール山（三四〇メートル）

ワンタスティケット山に登ったあと、ソローはブラットルボローから列車で三十七キロほど北のベローズ・フォールズに行った。コネチカット川に沿って北上するこの路線は快適で、いまでもフォール山がちらほらと見える。

ベローズ・フォールズの鉄道駅から、乗客たちは馬車に乗ってサクストン川渓谷を十八キロほど進み、ヴァモント州グラフトンの「ザ・タヴァーン」という名の宿屋《イン》兼食堂まで行くことができた。私が一九八七年に訪れたとき、フロントの壁に過去の有名宿泊客の名が掲げられたなかにソローの名前があり、宣伝パンフレットにも彼の名を見つけて驚いた。ポピュラーなガイドブックにも、いまだに彼のエピソードが記されている。私はかなり調べてみたのだが（**当時の宿帳は焼けてしまっている**）、ソローがグラフトンに来た確証は得られなかった。

ソローはベローズ・フォールズ駅から馬車には乗らず、徒歩で出発した。馬車の終点に当たる停留場は、いまでもむかしのまま残されている。さて、ソローはセントラル・ストリートとブリッジ・ストリートの交差点の角にあるアイランド・ハウスを通り過ぎた。これはかなり大きなホテルで（**営業していたのは一八五一年から八七年までで、現在はない**）、経営者はC・R・ホワイト氏で、ここの宿泊客は馬車でフォール山の頂上まで連れて行ってくれた。ソローは屋根つきの橋を渡る料金を支払い、いくつもの滝やコネチカット川の深みの部分などを見学し、西寄りのニューハンプシャー州に入ると、フォール山に登り始めた。「料金支払い所の人に注意されたのだが、背中のリュックは大きくて重すぎた。しかし私は軽々と歩いてみせて、彼のハナをあかしてやった。この山の標高は『ニューイングランド・ガゼッター』紙（一八三九年のジョン・ヘイワードの記事）によると、七五〇フィート（二二九メートル）だ。真っ直ぐ背が伸びて枝も少ないレッド・オーク（アカガシワ）の木が多い。これが延々と続いて、森のなかで突出している。ここブラットルボローでは、すばらしい田園風景が眼下に展開している。だが幅は狭く、遠くの地平線は望めない。ただしこの高さからだと、滝の全景が一望できる」

いまはガイドブックもないので、私が案内を代行するしかない。昔の馬車の始発場所から山麓までが、二・四キロ。徒歩か自転車でアイランド・ストリートを南に向かってブリッジ・ストリートに入り、さらに左（東）に曲がって川を渡る。流れは、発電用の運河に導かれる。これが掘削されたのは一八〇二年で、アメリカでは最も古い。次にまた左折（北へ）して、ルート一2をノース・ウォルポールまで行き、メイン・ストリートに入る。すぐに、マウンテン・ビュー・ロードにたどり着く。上り坂は小学校を過ぎ、行き止まりになる。そこからは未舗装の道――かつての馬車道――を八百メートルほど進み、右（南）に折れてテーブル・ロックの展望台に至る。アカガシワやナラの木が、数多く目につく。六月のはじめには、シャクナゲ科のローズシェル・アザレア（ツツジ）の香りがあたりに満ちる。

「南側の急斜面を下っていくとき、……私の足取りは快調で、私のリュックにも滝のしぶきがさかんに降りかかった」

道もないような南の急斜面を降りるとき、私も部分的には尻で滑る状況だった。大いに気をつけなければならないし、断念したほうが賢明かもしれない。

もしソローが十三日遅く、一八五六年九月二十三日に来ていたら、著名な地質学者エドワード・ヒチコック（前出）やアムハースト大学の学長ウイリアム・A・スターンズ、それにミドルベリーやダートマス出身の一八五七年のクラスの学生、来賓、ベローズ・フォールズのバンドなど二十九人の大部隊と出会ったかもしれない。

一行はフォール山に登り、ウォルポールに最初に定着した白人であるジョン・キルバーンを記念して、この山をキルバーンと改名するために登山したのだった。ところが式典の途中で反対論が出て、現在でもフォール山の南の峰がキルバーンと呼ばれるにとどまっている。

ウォルポール

フォール山から急ピッチで下山したソローは、ルート一二を歩いてコールド川をまたぎ、コネチカット川で体を洗い、三キロあまり南に進んだあと、「最後の一マイル（一・六キロ）は材木運搬用の馬車に乗せてもらってウォルポールに到着した」。

彼は、旧友オルコット家の門を叩いた。オルコット一家は、一八五五年七月に、ここへ引っ越してきていた。ブロンソン・オルコットは、ぜひ遊びに来てくれるよう誘ってくれていた。オルコット家があった場所は、いまでは公有地になって図書館が建っている。私が一九八四年に訪れたとき、歴史家のガイ・ビーミスが説明してくれたところによると、ハイストリート北側の二番目の家（ウォルポールでは、地番を採用していない）に引っ越したと言う。家主はベンジャミン・ウィリスといい、アビゲイル・メイ・オルコットの妹エリザベスと結婚したという。

「九月十一日の午後、オルコットの家の東側にあり、彼らが『ファーム・ヒル』と呼んでいるあたりを歩き回った。

道ばたで一メートルあまりに伸びたヒメジオンやラナンキュラス、キンポウゲなどが、まだ咲きほこっている。丘の上から眺めるコネチカット渓谷の景観や、アスカトニー山（一〇一二メートル、ヴァモント州）もよく望めるが、マナドノック山は見えない。牛が通る道に沿って、急斜面の側を下山した。慎重に設計されたかのようで、次の図のようにきれいなジグザグ模様を描いている。相当に使い込まれていて、かなり凹んでいる」

だが歴史家のヴァージニア・パトナムは、「ファーム・ヒルなどと呼ばれる地名などなかった」と書いている。これはウォルポールのメインストリート周辺の小高い場所の総称で、十九世紀の半ばごろには、このあたりに農場が集中していたのだという。私が案内されたのは、図書館より八百メートルほど南のウェントワース・ロードにあるウェントワース・ヒルという丘だった（**ソローが通った道は、もっと東にある**）。ウェントワース・ロードには、ヘンリーとフランセスのフランシス夫妻が暮らしている（**一八一二年ごろに建てられた家で、クナップ・ハウスと呼ばれる**）。ヘンリーは私を裏庭に連れて行ってくれたが、ヤナギタンポポやデイジー、キンポウゲなどが咲き乱れているこのあたりは開けた傾斜地になって頂上まで続いている。てっぺんには木の柵で囲んだ場所があって、そこからフォール山やコネチカット川は望めるが、アスカトニー山は見えない。ヘンリーの話によると、ガイ・ビーミスはウイリアム・ハワース教授を伴って来たという。「ソロー氏が眺めた景色」を、ぜひとも見せたかったからだそうだ。のちにポーチでティーを飲んでいたとき、フランセスはルイーザ・メイ・オルコット（**一八三二～八八。前出ブロンソン・オルコットの娘。詩人、童話作家**）の詩「ライラックの木の下で」を読んでくれた。彼女の父親が一八七九年に祖母からもらった初版本の詩集なのだそうだ。フランセスの説明によると、この詩が描写しているのは、このあたりなのだという。

「そのライラックの木は、いまでもあるんでしょうか？」

と、私は尋ねた。

「いつでもありますわよ、道沿いにずっと」

と、彼女は私の肩ごしに遠方を指さした。ヘンリーは私を連れて芝生を横切り、道から林に入った。小道をたどって行くと谷に出くわし、春めいた小川が流れていた。

「ルイーザ・メイ・オルコットは、よくこのあたりを歩いたようですよ」

と、彼は説明した。

ここを拠点に、アカデミー渓谷を歩いてルイーザ・メイ・オルコット滝まで行き着くことができる。起点はスクール・ストリートで、ウォルポール・ハイウエー局を目指して行けばいい。

引用出典：『ヘンリー・D・ソローの日記』一八五六年九月十日～十二日

マナドノック山（九六五メートル）

マナドノック山は、ほかにもいくつかある。たとえば、ヴァモント州のノースウエスト・キングダムといわれる場所で、コネチカット川に沿ったところにそびえるマナドノック山には、ソローは登ったことがない。ここで取り上げるマナドノック山（ニューハンプシャー州）は標高が九六五メートルで、ほかと区別するために「グランド・マナドノック」と呼ばれている。地質学者たちは、孤立してそびえる単独峰をマナドノック山と呼びたがる。たとえばヴァモント州のアスカトニー山（九六〇メートル）の別称もマナドノック山で、このマナドノック山の北西七十キロにあって、ソローも眺めたことはある。このグランド・マナドノック山はソローが最も好きな山で、これほど長く滞在した山はほかにない。これは、国立自然陸標《ナショナル・ナチュラル・ランドマーク》というシンボルに指定されている。

ソローがはじめて登山したのは一八四四年七月のことだが、十四年後の一八五八年六月三日に三度目の登山をしたときに、最初の体験を思い出しながらこう記している。

「十五年ほど前に一夜を過ごしたあたりでティーを飲もうと、頂上を目指した」

一八五二年九月六日～七日　テンプル山

八年後の一八五二年、ソローはふたたびマナドノック山に戻ってきた。九月六日、ソローは列車でコンコードからニューハンプシャー州メイソン村（**現グリーンヴィル**）に着いた。

「メイソン村から、いくつもの峰を経てピーターボローまで歩いた。……道端には、まだたくさんブラックベリーの実がなっていた。──甘くて、マルベリー（**クワの実**）のように細長いやつだ。ほぼ道端だけにかたまっていて、徒歩旅行者に大いに安らぎを与えてくれる」

八キロほど歩いたところで、テンプルという村の茶屋《タヴァーン》で休憩した（**現在は「バーチウッド・イン＝ブナの木の宿」という名になっている**）。そこのパンフレットによると、ソローは一夜を過ごした、とある（**実際には、ピーターボローまで一気に歩いた**）。

宿の主《あるじ》だったエリアス・コルバーンは、「頂上はピーターボロー・ロード（**現ルート101**）のすぐ南だ」とソローに教えた。ソローは、次のように書いている。

「そこから頂上まで、かなり歩いた。──やや登ったところで──まだ尾根の下のほうだが──頂上はまだ先だと気づき、頂上に連なると思える北の道に回った。まず南を向いて、ニュー・イプスウィッチとテンプルの間に見えるキッダーズ山を眺めた。次に西のほうでシャロンとテンプルの間にバウンダリー山を確認した。──私たちはすでに、山腹に裸の岩ばかりが露出している山を見てきた。まるで、相次いで落雷に見舞われたかのようだった。――その結果、岩の間に倒れている木々も樹皮が剥がれて白っぽく風化している。高い木々に絡みつくツタの葉は、血のように赤い。――岩の間に生えるシダは、甘い香りを放っている。――ラズベリーの茂みには、まだいくらか実が残っている。――この残り具合によって、山にどれくらいの人家があるのか判断できる。――だが不思議なことに、人家がなくても実は消え失せる」

テンプル山はテンプル村の西にあり、最高地点はホルト峰（**六三五メートル**）。私はこの付近を歩いてみた結果、ソローが登ったのはホルト峰から千二百メートルほど東にあり、テンプル山の尾根から外れたウィトコム峰（**五二一メートル。アメリカ地質調査所の古い地図では、フラー山と記載されている**）だったと推定した。そのころマサチューセッツ州の夏の放牧地だった場所は、いまは森林になっている。テンプルの北でルート45を離れて、私はクロスカントリーのスキー・コースをたどった。林道や小道、山道を抜け、ウィトコム峰に達した。このあたりの樹木や植物としては、カバ、ブナ、ペンシルヴェニアカエデ、ガマズミ、ストーンウォールズ、ブルーベリーなどが多い。現在のオーナーであるエドワード・ライトンが私に語ってくれたところによると、ブルーベリーを増産するために頂上付近を焼いてみたこともあるという。ソローが書いていたキッダーズ山はキッダー山に改称され、バウンダリー山はバートンパークと呼ばれるようになった。

パック・マナドノック

「私たちは最初の峰の西側を下りたが、この山頂からはほかの尾根に邪魔されてウィットコム峰のてっぺんが見えなかった。南のほうには、私がピーターボローの丘陵と呼んでいる連山がでこぼこと続いているからだ。――丘のこちら側にはアメリカシラカバの林が連なっており、その輪郭が壮観だ。――白い幹とグリーンの葉が、すばらしいコントラストを生んでいる。――幹の輝くばかりの白さは、まるで白いペンキを塗ってニスで仕上げ、磨き上げたかのようだ」

いくつもスキー・コースがあるので、それをたどって行けばルート一〇一に出る。ここには、スキーセンターがある。ルート一〇一をまたぐと、地元出身のジェームズ・ミラー将軍（一七七六〜一八五〇）を記念した州立公園がある。一八四九年九月十七日に、作家ナサニエル・ホーソーン（一八〇四〜六四）は、テンプル・センター（史跡になっている）の東一キロ半ほどのところにある将軍の自宅を訪れて、ミラー将軍と面談している。ミラーが一八二五年から四九年まで税関の職員をやっていたときに、二人はセーレム（マサチューセッツ州の沿岸）で最初に出会った。ホーソーンは代表作『緋文字』の冒頭部分「序――税関」で、ミラー将軍に敬意を表している。（＊1）

＊1　ミラー将軍が、実名で登場する。ソローの名も出てくる。

ホーソーンは翌朝、ミラー将軍の子息エファライムに伴われ「馬にまたがって三マイルか四マイル（五キロあまり）進んで尾根の頂に到達した」。そこから、マナドノック山が見渡せた。

「ピーターボロー丘陵群」には、パック・マナドノック山（あるいはサウスパック＝六九七メートル）とノースパック・マナドノック山（六九四メートル）の二つがあり、この二つの峰をワパック・トレイルが結んでいる。サウスパックの頂上に立ったソローは、次のように書いている。

「この二つの峰の北側に、リンドボロー山が見えた。……さらにその先にはクロチェッド山、――そして北東方向にはアンキャノナック山が望める」

ソローはこのうちアンキャノナック山には、一八四八年九月五日に登山している。頂上の塔に登って眺めると、ソローがグリーンヴルからここまでたどった道が一望できる。彼は、次のように記している。

「下りは前回と同じく、むかしの山火事跡の道を通った。――背が高く、枯れて白くなった木々が、いまだにマストのように林立している。――大いに野性味を感じさせるし、なかなか壮観だ。さらに西のほうへ進みたいという衝動にも駆られるし、北や南の状況を見たいという気にもさせる。二つの山の間に鎮座した、トップサイド湖が望める。あわてふためいたヒツジたちが、私たちの足元から逃げていく。だが、頭を垂れて寄り添い合い、微動だにしないヒツジもいる。——岩かと見まごうほどだ。したがって、最初のうちは気づかなかった。——連中は、擬態を気取っているつもりなのだろうか」

ソローの足跡をたどって、ワパック・トレイルを北に向かって歩くのも一興だ。八百メートルほど下ってコル（鞍部）に達したら、西の方角にやぶこぎをしながらトップサイド湖に至る。そこに到達したとき、私はついに太平洋に出会ったバルボア（前出）と同じほど歓喜の声を上げた。

オーナーの許可を得て湖で泳いだあと、オールド・マウンテン・ロードを延々とドライブし、南に曲がり、最初の道を右（西）に折れてカーリー・ロードに入り、オールド・ストリート・ロードに達する。最初に左に曲がり、つぎに右に曲がってチェニー・ストリート、次いでパイン・ストリートに至る。北に向かって進み、ピーターボローには午後七時に到着した。現在では延長二・六キロのレイモンド・トレイルが、パック・マナドノック山とオールド（いまは「イースト」と改称）マウンテン・ロードを結んでいるから、このルートで下山するのも便利になった。

ソローは、当時ピーターボローにあった二つの公共宿泊施設のどちらかに泊まったに違いない。一つはメイン・ストリートにあり、いまではグラニット銀行になっている。もう一つはユニオン通りとエルム通りの交差点にあったアッパー・ホテルだが、現在はアパートに変わってしまった。ソローは、次のように書き記している。

「ピーターボロ（＊2）に住むある男が語ってくれたところによると、彼の父親の話ではマナドノック山はかつて森林に覆われていたのだそうだ。――だが山火事があって、草土がすべて焼けてしまった。――木々は吹き倒され、根は掘り起こされ、その後はかなり密生した雑木林が繁茂して人間は入れなくなり、オオカミばかりが横行するようになった。――オオカミたちは夜になると里に下りて来てヒツジを殺し、朝までに洞窟の住みかに隠れてしまって追跡もできない。――そこで野火を放ったところ、アメリカ史上空前の山火事になってしまい、オオカミもすべて逃げ、それからオオカミに悩まされることはなくなったのだという」

＊2　ピーターボローは、いまではPeterboroughと綴る。だがソローはPeterboroと表記しているため、この訳語では「ピーターボロ」を使った。

九月七日の火曜日は、ソローにとって記念すべき日になった。彼は徒歩でピーターボローを発ち、ジョー・エヴェリス・ハウスに立ち寄りながら推定十キロ前後を歩き、午後一時ごろマナドノックの山頂に達した。そこで一服して、植物採集をした。彼は、こう記す。

「岩の間のほんのちょっとした隙間に、ブルーベリーやチョークベリー（＊3）バンチベリー

（＊4）赤いサクランボ、ワイルド・カランツ（＊5）（この実はアメリカミズバショウのような悪臭を放つが、鼻がひん曲がるほどではない）などが生えている。ラズベリーもまだいくらか残っているし、ほかにホリーベリー、マウント・クランベリーなどもお互いに密集して実をつけている。山頂の岩場の間にあるわずかな土にはポテンティラ（＊6）が繁っているが、いまは花がない。――山頂にはかなり多いし、ナナカマドの実も目立つ」

＊3　バラ科アロニア属の低木。
＊4　ゴゼンタチバナ。ミズキ属の小さな多年草。クラッカーベリーともいう。
＊5　ユキノシタ科スグリ属のアカスグリ。
＊6　バラ科キジムシロ属。キンロバイなど。

ソローはマナドノック山の南側を素早く下り降りてトロイの駅へ向かい、コンコードへ戻る三時の列車に間に合うよう急いだ。五時十五分には、自宅に着いた。

「山でブルーベリーを摘んでから、まだ四時間しか経っていない。――山で採集した植物も、帽子のなかでまだ新鮮さを保っている」

と、彼は日記に書いている。

ソローの足跡を跡づけている私の場合は、ピーターボローのセンターを午前八時四十七分に出発し、十二・八キロを歩き、ダブリンのバーピー・ロードにあるエヴェリス・ハウスに午後一時二十分に到着した。このハウスのオーナーであるブルースとメアリー＝エリザベスのマクレラン夫妻は、これから先は道がないので、磁石を頼りに歩くよう勧めた。だが、私は用意していなかった。二人は笑いながら、私がトロイに到着できるのは午前三時ごろになるだろう、と推定した。森のなかの道を登りながら、彼らの予言は正しいのではないかと思い始めたが、運よくパンペリー・トレイルにぶち当たり、これをたどって山頂には午後四時四十五分に到着できた。私はすぐさまホワイト・アロー・トレイル伝いに下山を始め、オールド・トル・ロードを経てルート124に出て西に曲がってマナドノック・ストリートに入り、南に折れ、ソローが泊まった宿から一ブロック南西にいまでも残っているトロイ駅に、午後七時十五分に着いた。私は、二十七キロ強を十時間半で踏破したことになる。ソローが通った道は、これよりいくぶん短かったに違いない。おそらくは、何もない場所を直線的に歩いたと思われるからだ。彼が何時にどこを出発したのかは分からないが、いつものように早朝四時半にスタートしたとすれば、彼が要した時間は、私とさして違わなかったと思われる。長い時間をかけて二日の行程をたどってみて、ソローの肉体的なエネルギーはたいしたものだ、と実感した。

引用出典：『ヘンリー・D・ソローの日記』一八五二〜五三年

一八五八年六月二〜四日

ソローがふたたびマナドノック山に戻ってきたのは、それから六年が経ってからだった。このときは春の終わりで、あしかけ三日も滞在したので、日記にも詳細に書き込まれている。このたびは、ウースターの友人H・G・O・ブレイク（＊7）が一緒だった。

＊7　**牧師で教師。詩人エマソンを介して知り合い、のちにソローの最も忠実な弟子になる。そのため、ソローの遺作の管理者になった。**

二人は、列車でニューハンプシャー州トロイにやって来た。

「十一時五分に到着した。ナップザックを背負い、四マイルほど（**約六キロ**）離れた山と山頂を目指して北東方向に歩みを進めた。

山容は、絶えず視界に入っていた。――崇高な感じがする、灰色をした巨大な塊《マス》だ。古めかしい、茶色がかったグレイで、アララット山（**後述**）の色を思い起こさせる。おそらくこのように突出した山頂は、世界中どこでもほぼ同じような色をしているのではあるまいか。古色蒼然とした灰色は、自然が好きな色なのに違いなかろう」

トルコの東方にあるアララット山（**五一六五メートル**）は、ノアの方舟が漂着した場所だとされる。また前年の一八五七年六月二十一日（およびそれ以前の一八四九年十月十三日）にソローが登ったケープコッドの砂丘にも、同じくアララットという名前が付けられている。ソローはのちに、灰褐色に見える原因は茶色っぽい苔のためであることを発見した。

「私たちは学校の校舎のあたりで道を離れて牧場を横切り、岩の多いゆるい勾配の草地を登り始めた」

この校舎というのはマナドノック・ストリートとルート１２４が交差する南東の角にあったが、いまでは姿を消している。

「森に入るとまもなくファセットの山小屋の近くを通ったが、彼は屋内で忙しく立ち働いていたので、私たちが通り過ぎたのにも気づかなかった。そこで少し上がった森のなかの小川のほとりで岩に腰掛けて食事をした」

ファセットの山小屋は、ルート１２４からオールド・トル・ロードに二キロ近く入ったあたりにジョゼフ・ファセットが建てた家で、もとハーフウェイ・ハウスのちょっと上《かみ》にあった。いまも、「マウンテンハウスＪＦ**（ジョゼフ・ファセットのイニシャル）**１８５７」と彫った石の標識が残っている。ソローはこのあたりで、悪臭のするスカンク・カラント**（アカスグリ）**の実やガマズミ、大輪のキキョウ、まだ開花していない赤いエルダーベリー**（アメリカニワトコ）**、なめらかなシャドブッシュ**（＊8）**それに「山の可憐な花」エンレイソウなどを数多く観察した。

＊8　バラ科ザイフリボク属の小高木。

夕方近くなって、彼らはキャンプの好適地を見つけた。「山の南東部で、岩だらけの平坦な地面が窪んだ場所で、おそらく頂上から八百メートルほど離れたところ」だった。ソローの言う避難所を作ってから、二人は「日没の光景を見るため」頂上に向かった。ソローはそこで灰色のユキヒメドリと、三個の卵が入った巣を見つけた。

「頂上付近にはこの鳥がかなり舞っていて、岩や背の低いトウヒ（唐檜）の木に止まっているのを目撃する。こちらが見ると、鳥たちは岩陰に隠れてしまう。頂上では……かなりはびこっている。繁茂している植物も、かなり目立つ」

その例として彼が上げているのは、マウンテン・クランベリー（ツルコケモモ）、マウンテン・サンドワート（タチハコベ）、ヘビイチゴなどで、――現在でもよく見かける。

「霧が濃くて、山容がよく見えない。そのため、日没直前にキャンプに戻った。帰るべき道を見失ってしまった。ここでは、たやすく迷子になる。岩の上には、足跡が残っていないからである。それに、どの岩も谷間も同じように見える。岩場の山頂中央だけは特色があるのだが、ここほど識別しにくいところはない」

ソローとブレイクはトウヒの枯れ木を燃やして清水を沸かし、「薄暮のなかでお茶を飲んだ」。夜鷹が、トウヒの木に作った巣でセレナードを奏でた。ソローは、その印象を次のように表現している。

「ヨタカの声は乾いていて音楽性には乏しいが、霊感や精神性を感じさせる響きがあって、岩場の多い山岳の孤独な雰囲気にふさわしいものだった。荒涼とし、灰色で不毛な寂しさにマッチしたトーンだった。岩だらけの山に調和した伴奏、だともいえる」

二人は、午前三時半には起きた。「頂上で日の出を迎え、そこで朝食を摂るため」だった。そのあとソローは植物標本を整理し、次には地質の調査に移った。

「岩の表面は、相当に摩滅して滑らかになっていた。まるで、磨いて丸くし、傷を付け足したかのようだった。引っ掻き傷のようなスクラッチは、北北西から南南東の方向に走っていた。……ところどころに巨大な岩石があり、白い石英岩脈が入っている場合もある。また、岩の間に明るい紫かワイン色をしたガーネット（**ザクロ石**）が入り込んでいることも珍しくなく、プリンのなかにベリーが入っているような感じだ。……

直径がせいぜい一ロッド（**約五メートル**）ほどの小さな沼や湿地があちこちにあるが、これはほかではあまり見られない。岩の間の小沼に足を踏み入れたりすると、クラドニアなどの地衣類を踏み潰す感触が伝わってくる。このような湿原の水分がいったいどこから補給されるのか、不思議に思える。……

山頂の南東部は岩だらけだが、かなり広い平らな場所がある。平べったくて大きな岩もたくさん散らばっているし、小さな沼や水たまりもいくつかある。多少の段差はあるが、難なく上り下りできる。頂上に散在するクロトウヒは、かなり目立つ存在だ。だが、成育条件としてはかなり厳しいと言わざるを得ない」

実際に山頂に生えていたのはアカミトウヒだが、ソローの時代には別の種類に分離されていなかった。だがトウヒ類は、一八〇〇年と一八二〇年の火災で焼失してしまった。

ソローの日記は、さらに続く。

「山頂の南東部の平らなところにある水たまりや小沼の近くで、夕食用に少しコメを焚いた。草はそれほどなかったにもかかわらず、岩の間に生える苔に火が燃え移ってすぐに広がり、風も強かったので困った状態になりかけた。そこでトウヒの大枝を水たまりに浸け、火を叩いて消した。……

夕食後、私たちは頂上の東側にある高い峰を、北東方向に歩き続けた。このあたりからは、ダブリンやジェフリーの町が足元によく見えた。南北に細く伸びる大きなソーンダイク湖が、ダブリンの近くに見える。この湖を船で渡ったら、さぞ快適だろう」

山のこちら側（西）でソローはいくつもの小沼を見たが、それらはいまも残っている。そのうちの一つがマウンテン・ブルックという小川の水源になっていて、それにソローの名前が付けられている。ソローはこの山をいろいろ調べたうえで、次のような印象を書き残している。

「私は何回も、海岸を歩いているときのことを思い出した。ともに崇高な感じがするし、孤独や恐ろしさも感じさせる。どちらの場合も、何か巨大な力の存在を感知させる。山の岩石も渓谷も、小沼も水たまりも、野性的な自然そのものだが、なじみは薄い。だがわずか十五分前に見たものとはまるで違うものに出くわす。だれもが山頂と呼ぶに違いないが、おそらく二マイル（三・二キロ）あまりもの長さにわたって平らな岩場は、中央部では幅も広くなっている。何回かぶらぶら歩いているうちに、親しみが湧いてくる」

ソローたちは、六月四日に下山した。

「山を下りながらときどき振り返って見ると、斜面や岩棚がひとつの塊になり、次第に一つのまとまった印象を与えるようになる。……まだ近いところにいるにもかかわらず、山の荒涼としたギザギザの輪郭は消えてしまい、急峻な渓谷も滑らかに見える。大きく迂回しなければならなかった巨大な丸岩も識別できなくなり、空気のなかに呑み込まれてしまった」

彼らは南下を続け、ウエスト・リンジを経て鉄道駅に到達した。ほぼ直線の、十・六キロほどの行程だ。そこから列車でさらに南に向かい、ソローは車窓風景をこう記している。

「このあたりのストローブ松は、これまで見たことがないほどみごとだ。……あまりにも美しいので、私は窓にへばりついてじっと目をこらした」

五キロ弱も走るとマサチューセッツ州ウィンチェンドンに着き、そこで乗り換えてコンコードに戻った。

引用出典：『ヘンリー・D・ソローの日記』

一八六〇年八月四日～九日

ソローが三度目で最後のマナドノック登山をしたのは亡くなる二年前で、最も長い時間を過ごした。二年前と同じコースをたどったが、今回の同行者はエラリー・チャニング（前出）で、二人はまず列車でニューハンプシャー州トロイまで行った。そこからマナドノック・ストリート、次いでルート124を徒歩で五キロ近く歩いた。

「湿度の高い日だったが、道端のラズベリー、それにディクソニア・シダのいい匂いが励みになった」

彼らは、現在ではイースト・ヒル・ファームに建つ「ディ・イン」のあたりを通過した。

「私たちは、巨大な岩がごろごろした場所やふかふかの草地を通過した。最初のうちはラズベリーが多かったが、もっと目についたのはハードハックの花（＊1）で、遠くからでも赤く染まって見えた。

＊1　シモツケソウに似た、イバラ科の低木。

放牧されている牛や馬が近寄ってきたし、走ってやって来るのもいた。愛想がいい連中なのかとも思ったが、そうではないのかもしれない。……

私たちは雲に入ってしまい、森で険しい登山を始める前に膝までぐっしょり濡れてしまった。森はかなり暗くて湿っていたが、午後三時ごろには雲も薄くなり、二年前にキャンプを張った場所でまた設営に取りかかった。だが、まだときどき雨に見舞われた」

ソローはトウヒの枝で雨宿りのためににわか造りの避難所を作り、入り口のところで火をおこし、一、二時間で衣類は完全に乾いた。

翌日は晴天になった。

「主峰の頂上の岩石はオリーブに近い黄緑色に見えたので、チャニングは『オリーブ山』と名づけた。

私は日の出前に起きて、ブルーベリーを摘みに出かけた。——新鮮で、濡れている(前日の雨のため)。ちょうど食べごろで、プチプチしている。ほどよく冷えているし、このような時間に食べられるのが嬉しい。——驚いたことに、山を急いで登って来る人間の声が聞こえる。やはり早朝にベリーを摘んで食おう、という連中だ。もっと明るい色で赤に近いバンチベリーも混じっているが、こちらはまだ熟れていない」。

「崖の脇や隅、それに丸くなった端は、……日が当たっている部分も影のところも、オリーブを思わせる黄緑色の、勢いのいいアンビリカリアという苔に覆われている。乾いてくると、色はもっと沈んでくる」

ソローは歩いて「山の南側の麓に近い岩棚に着いた。……そこから二マイル(三キロ)あまりも平らな場所が続く頂上を見上げると、無数の突出部があり、岩の間には隙間のあることが見て取れた。麓にも二種類以上のブルーベリーがあり、よく熟している。……これらのブルーベリーは、岩場に生える植物があるところならどこでも、頂上に至るまでよく成育し、実もたくさんつける。……この日曜日には少なくとも三十人から四十人もの近隣の人たちが、ブルーベリーの実を摘みにやって来たに違いない。この季節には頂上を仰ぎ見ても、はるか遠くを眺めてもずっと青が地平線まで続いているから、ブルーベリーの色が山や風景に溶け込んでしまう」

ソローは、野生のクランベリー（ツルコケモモ）にも魅せられた。

「クランベリー・ソースを作るために、一パイント（約半リットル）も集めた。……翌朝には、朝食用にこれをとろ火で煮た。山で取れるベリー類では最高だと思ったが、まだ完熟はしていなかった。したがって、苦みが残っている。しかし、ジュースは苦くない。ただし、キャンパーたちが好む程度の酸味がある」

翌八月六日、彼らは「頂上の平らなところを四分の一マイル（四百メートル）ほど東に歩いて、新しいキャンプ地を選定した。その地点からだと、頭をもたげなくても東および東南方向がすべて見渡せた」

その日の午後、ソローは北東部の湖沼群を訪れた。いまでも、小さな沼が残っている。

「これら二つの沼は、この山の周辺では最も野性の姿を残しているところで、私にとっては最も興味があった。小さいほうの沼は主峰の北東方向、つまり平らな頂上の北東にある。小さい丸形で、直径は数ロッド（一ロッドは約五メートル）しかない。水のなかから、ワタスゲが生えている。底は岩で、水深は浅い。東側からかすかに水が流れ出ているが、せいぜい岩を湿らせる程度で、窪地にたまって飲めるほどの分量にはならない。……

大きいほうの沼はやや北の方角で少し下がった場所にあり、主峰と北東の岩棚を分断する形になっている。おそらく、ダブリンからもそう遠くないだろう。沼は北西方向から南東方向へ、三十ロッドか四十ロッド（百五十メートルから二百メートル）ほど細長く伸びている。水は、北西端の岩の間から浸み出しているものと思われる。……水中にもスゲ類の水草がかなり生えていて、岸の苔や枯れて倒れたトウヒの間に見られるミズゴケにも絡んでいる。『ウサギのしっぽ』は盛りを過ぎ、それに代わって細いワタスゲが咲いている。また、沼のアカバナやウールグラスも花ざかりのようだ。汀《みぎわ》にはジャコウソウモドキが生えているが、まだ花はつけていない。メドウスイート（＊2）の花は咲いていたし、黒いチョークベリー（＊3）は実をつけたところだった」

＊2　コデマリ、ユキヤナギなど、バラ科シモツケ属の低木。
＊3　バラ科アロニア属の低木。実は、装飾用に使われる。

「ニワトコの実は、すでに熟れている。ナナカマドや各種のスゲ、悪臭がするスグリ（東端にある岩場の急流で見かけた）など、あげればきりがない」

「三つ目の沼にも気づいた……」と、ソローは記している。一九八七年に植物学者のロバート・ブカスバウムと私は三つ目の沼を探索したが、そのとき彼はソローの沼のあたりでモウセンゴケを見つけた。これは三つの沼のなかでは最も大きく、私たちはパンプリー・トレイルを頂上に向かって西へ歩いているときに出会った。私たちはトレイルの北に接して横たわり、サーコファーガス岩の西にある二つ目の沼を「コトン・グラス（ワタスゲ）」と命名し、パンプリー・トレイルの北にある三番目の沼を「レザーリーフ（革製の葉）」と名づけた（ソローにとっては郷里コンコードでなじみのあるアシビ＝馬酔木）。この沼にはまだ名前がなかったし、付近にはアシビの木が目立ったからだった。

ソローは五時すぎにはキャンプに戻り、遠くを眺めた。

「夕刻と早朝は最も興味のある時間帯だが、とくに夕方のほうが面白い。毎日、日没の一時間ほど前、私は自分の足元に、偶然であるかのように理想郷を見る。たなびく夕刻の靄《もや》が暖炉の暖かさを思い起こさせるし、ちょっとした埃を連想させるし、透明なエナメルを使って家や森、畑や湖を描いたような、美しい場面が眼前に展開する。一日のなかで、風景が最も平面的に見える時間帯である。急斜面で水流によって溝が穿《うが》たれた岩だらけの場所でも、ハードハック（＊4）やラズベリーで赤く染まった田園でも、あるいはそれらが山の森林を這い上がっている場合でも、そしてあなたが登山の途中であっても、ひょっとして山頂や崖っぷちから眺めたとしても、あるいは周囲より高い位置に登らずにもっと低い場所から見たにしても、点景のなかの牛たちが気づこうが気づくまいが、よほど目をこらさない限り牛を岩石と見間違うことがあろうとなかろうと、この現象には変わりがない。……」

＊4　シモツケソウに類するイバラ科の低木。

「だが日没の一、二時間くらいの時間帯で特筆すべき点は、日が傾くにつれて西のほうに遠く近く見える山脈がくっきりと浮かび上がることで……サドルバック山（**あるいはグレイロック山。西九十キロもの遠方**）の方角を眺めると、八つもの山脈が識別できる。これらの山塊は、雲のような靄《もや》の上に黒い輪郭を覗かせている。そしてさらに言い足せば、マナドノック山脈の稜線も、私から四百メートルほどの距離にそそり立っている。……

私は、山がこれほど高くそびえ立っている姿を見たことがないし、今日ほど山頂が雲のような靄に溶け込んでいる様子も覚えていない。サドルバック山に目を走らせると、八つの段がはっきり確認できる。こちらの端から下から順に目で追って行くと、山全体の姿がよく分かる。やがて、はるか上空にある雲に視点がたどり着く。……

八月七日。……私はいつも四時か遅くとも四時半には起きて、日の出を見る。太陽が昇るのは、およそ五時ごろだ。……

毎朝、地表には乳白色のかなり濃い霧が出る。だが、山にはかからない。霧が偏在するのは、不思議なことだ。五日間とも霧が出たのは同じ場所で、同じ範囲に限られた。ニューハンプシャー州やマサチューセッツ州の特定の場所では、この時期、毎朝よく霧が出る。だが大部分の場所では発生しない。霧が出るのは、低い土地に限定される。私たちの経験則に基づくと、広く霧に覆われるのはリンジ（ニューハンプシャー州南部）より南、フィッツウイリアム（ニューハンプシャー州南部）の南東以南である。ウィンチェンドン（マサチューセッツ州）あたりでは、かなり広範囲に霧に覆われる。要するに、霧は湖や川、あるいは牧場の上空に、地上の地形に呼応してクモの巣のように発生する。とくに、ミラー川や原始林の上空には顕著に出現する。……

八月八日の水曜日、午前八時半。頂上の西のほうを歩き回った。岩の間にできた小さなプールで水浴した。北西側で、野生のクランベリーを摘んだ。頂上を通過してキャンプ地に戻り、いくつかの岩棚を点検した（次ページ下の略図を参照）

八月九日、午前六時。キャンプをたたみ、トロイに向かって下山を始めた。途中で長い休憩を取ったので、トロイに到着したのは午前九時近かった。十時五分に、車に乗った」

ここで今回の旅は終わるのだが、日記のほうはまだ続く。頂上の植物について書き、トウヒの木をはじめ、茂み、鳥、四足獣、昆虫、蛙、人間についても論じている。

「頂上に達するルートには南のジェフリーからと北のダブリンからの二つがあり、観光客は相当な数に上る。いずれの場合も、しっかりした山道から外れて小道に入ったりはしない。私は頂上にいたある日の昼に勘定してみたのだが、私の周囲には男女・子どもを合わせて四十人がいた。そしてさらに、絶えず降りて行く人も登ってくる人もいた。一日の登山客は、確実に百人を越える。周囲三十ロッド（百五十メートル）には、灰色の柵に沿って人びとが列をなしてすわっている光景が眺められる。まるで、城の住人たちが祝典で並んでいるかのようだ。マナドノック山のブルーの山頂を五十マイル（八十キロ）も離れた地平線のかなたに見たときには、練兵場の観客席のようにあ

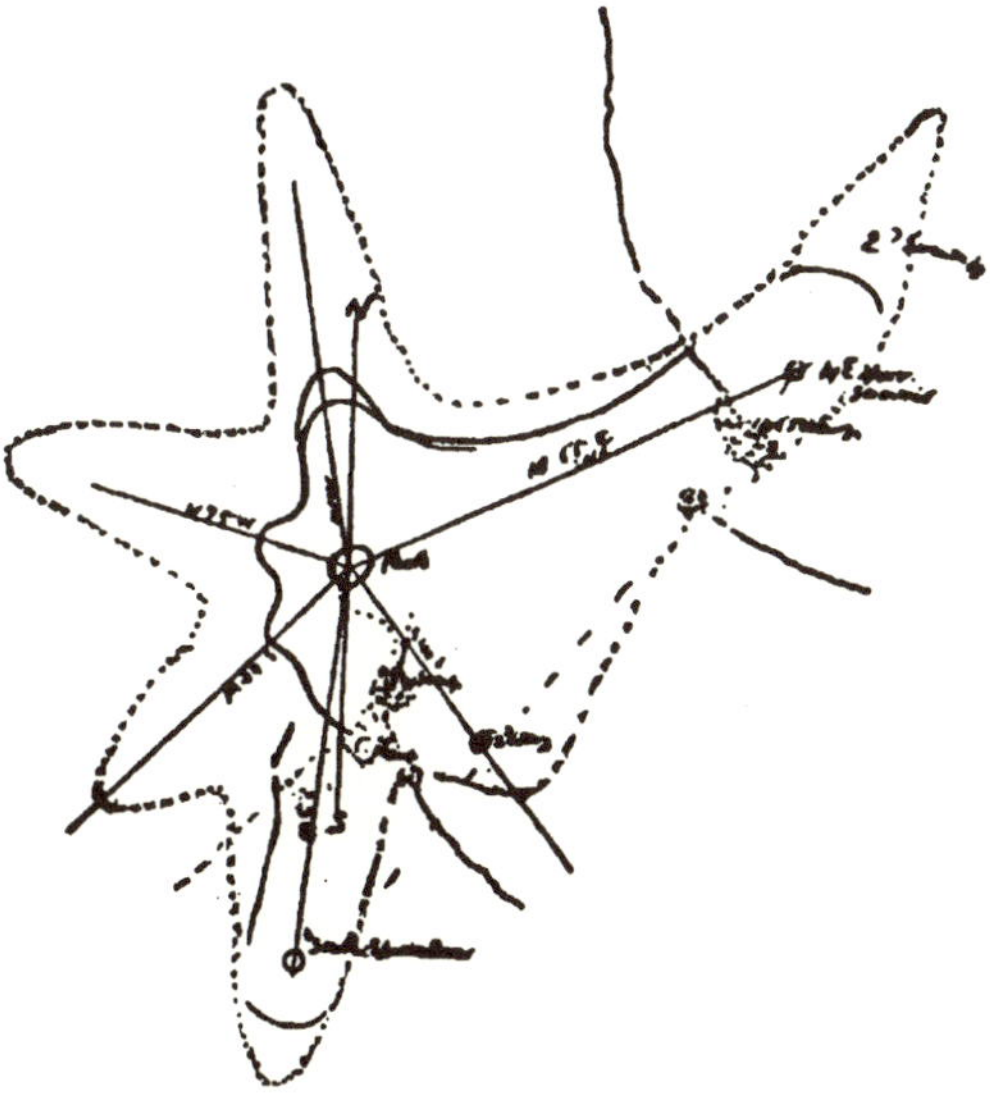

らゆる色彩の衣服を着た男女や子どもが山頂を占拠していることなど、想像の産物としか思えないだろう」

登山客の大半は、機械工とか、近隣農家の若い男女だと思えた。青年たちは崖っぷちに並んで腰掛けて足をぶらつかせ、望遠鏡で目を細めて下を覗きながら、次々に森を抜けて登ってくる連中にヤジを飛ばしていた。トランプに興じているグループもあったし、自宅やその近辺を探し当てようと目を凝らしている者もいた。子どもたちは、いつもと変わらずはしゃぎ回っている。好天に恵まれた日のこの山頂は、ニューイングランドにおける、きわめてさやかな憩いの場所だ。おそらく一日にホワイト山のどの山小屋を訪れる人数よりも、この山頂に登ってくる者のほうが多いに違いない」

ソローはマナドノック山の地質について論じたあと、この山に登った本来の目的に戻り、風景もスケッチした。それには、ウイリアム・ギルピン（＊5）を真似たような趣がある。

＊5　イギリスの画家。聖職者で教育者、美術評論家でもある。写実的な美しい風景を描いた。一七二四〜一八〇四。

「単に登山のためだけにマナドノックの山頂に来た連中は、山の本質を見逃している。私はここから何かを眺めるために登ってきたのではなく、この山を見つめるためにやってきた。

下の平地から眺め上げる頂上の光景は、確かに頂上から見る光景より勝っている。頂上を見上げることも、連山の輪郭を遠くから見ることも欠かすことはできない。最大の魅力は高い場所から遠くを眺めることではなく、岩だらけの地表の見知らぬ個所を歩くところにある。もし遠方を見晴らしたいのであれば、台地の端から渓谷を眺め下ろすのが一番ではないかと思う。あるいは、二、三ロッド（十メートルか十五メートル）ほど離れたところにある苔だらけの岩を緑の平原や湖や森林を絵の枠の下方に描き込み、実際より巨大な絶壁があるかのように見せるのも一興だ。この仕掛けは、頂上よりも台地の端で演出したほうが効果的だ。たいていの登山客は、一刻も早く頂上に到達してそこからの眺めを体験したいとひたすら考えている」

ソローは、ふたたび地質学に没頭する。

「だがこの山頂は、岩石を研究するにはまたとない好適な場所だ。……巨人のタイタン一族が立てたかと思える大きな壁のような岩が、いくつもそびえ立っている。それらは巧みに接合されているのだが、最近の地震でいくらか緩み、倒れかかろうとしている。……大きな丸石がいくつもある。高原の急な下り斜面の端で、いくつかの小石の上に危うく乗っかっていたりする。巨人が運んでいる途中で、なんらかの理由で中断した感じだ。尖った先を下にして立っている岩もあって、蔭に腰掛けてもおちおちとしていられない。……

岩石群にはこすれた溝があるが、みごとに北西方向から南東方向に筋がついている」

ソローは巨人タイタンと表現したが、これはマナドノック山を覆っていた氷河の仕業である。ソローが師と仰ぐ有名な地質学者エドワード・ヒチコック（前出）は『マサチューセッツ州の地質学・最終報告』でこのすさまじい光景を「大洪水」効果と表現している。

地質学から一転して、ソローは次に雲について語る。

「毎晩、だが前日に雨が降った先の日曜は例外だったかもしれないが、日没後しばらくして頂上にいる私たちの頭上に、低地にも雲ひとつない好天だったにもかかわらず、かすかな通り雨や霧が飛来した。

見上げたところ、まず直径一ロッド（五メートル）ほどの小さな雨雲が山頂の上空に漂ってきた。一、二分後にもう少し大きな雲が、突如として現れた。突端の岩に一瞬、触れたかと思えたとたん、北東方向に急速に消え去ってしまった。晴れている南西の空を見ていると、頂上から半マイル（八百メートル）ほど離れたあたりでやはり直径一ロッドほどの小さな雨雲が発生したと思うまもなく、ふしぎなことにたちまち直径五十ロッド（二百五十メートル）くらいにふくれ上がり、それが垂れ下がってきて一瞬の間だけ頂上を覆った。そしてやって来たときと同じくらい速やかに、北東方向に消え去った。まるで、頂上が雲を引き寄せた感じだった。近づいた雲は、頂上にぶつからずに通過するよう、いくらか上昇したように思えた。私なりの解釈では、雲は頂上に引き寄せられたのではなく、ここで発生したことは間違いない。南西の風は、暖かくて湿っている。このあたり一帯は、地上でも湿度が高い。頂上の温度は低いので、暖かい空気は半マイル離れたところでもそれを感知し、湿気は急速に小さな雲に結集する。だが空中を移動していくうちに広がり、頂上を去るとふたたび蒸発してしまう。頂上の気温が下がるにつれて、この現象は繰り返し起こる。この雲ないし霧は、夜になるとときどき私たちのキャンプ地まで降りてくる。

ある日の夕方、日没直後に小さな雲ができたり消えたりするのを眺めていたとき、青みがかったグリーン山脈の輪郭が夕焼けのなかでおぼろげながら私の視界に入った。嬉しいことに、六十マイル（九十六キロ）も離れたところにあるサドルバック山でも、まったく同じ現象が見られた。私たちがいるマナドノック山の帽子に呼応して、あちらもパラソルのような笠をかぶっている（下の図）。だが山頂に接するのではなく、やや高い位置に浮いていた。ところが西の地平線は、四十マイル（六十四キロ）ほどにわたってほかには雲ひとつなかった。

この雲は、山の特定の個所にだけ発生するものであることがはっきりした。山頂にだけ見られる小さな雲で、頂上の形に沿った傘の格好をしている。付近一帯には、ほかの雲は見当たらない。美しくて穏やかな印象を与えるし、幸運の島であるかのように感じられる——日没時の雲は、すべてこのような感じではあるのだが」

彼の日記は、ナップザックに詰めた品々のリストと、六日間に消費した食

料の一覧で締めくくられている。固ゆで卵が十八個、砂糖と塩で二ポンド半、お茶が四分の一ポンド、自家製のパンが半斤、ケーキ一個。彼はさらに付記として、次回はもっと卵を減らし、砂糖は半ポンドにし、茶は三分の一に、パンは現状のまま、ただし「自家製のケーキは、甘くて崩れにくいのをもっと増やす」とある。

引用出典：『ヘンリー・D・ソローの日記』

「私も山も、健全な季節を迎える」

と、ソローは一八六〇年十一月四日に、H・G・O・ブレイク（前出の友人）宛の手紙に書いている。さらに、チャニングとともに出かけた今回の旅行についても触れている。「コンコードのある年老いた農夫によると、彼も一度だけマナドノック山に登山したことがあり、頂上で踊ったのだそうだ。どうして、そんなことをしたのか。若い男女のグループで出かけ、何枚もの板とバイオリンも一丁、持って行った。板を水平に敷き、バイオリンの伴奏で踊ったという。曲は、『エクセルシオール』ではなかっただろうか」（ヘンリー・デイヴィッド・ソロー『書簡集』）

一九八五年以来、毎年八月にダイアン・イーノは頂上でおこなうダンス公演の振り付けを担当している。こんな場所で踊るのは不可能だ、と思えることをやってのけている。

二十世紀になってから、マナドノック山は多くの芸術家や作家を魅了してきた。ウィラ・キャザー（＊6）は、一九一七年から三七年まで、山麓ジェフリーのシャタック・インで夏を過ごした。

＊6　女流作家。『われら一人』でピュリッツアー賞受賞。一八七三〜一九四七。

エドウィン・アーリントン・ロビンソン（＊7）は一九一一年から三四年まで、ピーターボローのマクドゥーエル・コロニーで詩を書いた。この地は、一九〇七年から彼の創作意欲を掻き立てていた。

＊7　**ニューイングランドを舞台にしたドラマ詩で有名。一八六九～一九三五。**

イギリスの水彩画家トニー・フォスターがニューハンプシャー州とメイン州を訪れたときには、私（**編者のパーカー・ヒューバー**）が案内し、一九八〇年代の半ばに彼が「ソローの故郷」を描いた際にはマナドノック山とスカトゥタキー山にも一緒に登山した。このときの作品は、イェール大学のイギリス絵画センターで展示された。

キーン

ソローが乗ったカナダ行きの列車は、一八五〇年九月二十五日にキーン（ニューハンプシャー州）に停まった。この駅は、ソローの母親シンシア・ダンバーが生まれた実家に近い。その一か月後に彼女の父は亡くなるのだが、その父は一七八五年に自分の家を建てた。ソローの母は、一七九八年までここに住んでいた。その後かなり近代ふうに改装されたが、いまもメイン・ストリート八十一番地に残っている。キーンはマナドノックの山頂から望めるが、ソローは三度もマナドノック山に登っていながら、キーンを訪れていない。一八四四年七月に登山した際にはキーンを徒歩で通過することができたはずだが、彼はキーンの南方にあるアシュロット川渓谷に入り、コネチカット川まで歩いたらしい。

ワシントン山の頂上は、個人の所有にすべきではない。
やたらに開発されたりしないよう、また自然を尊重するためにも、
だれかが独占してはいけない。
だが私たちがいま地球に求めているより、
もっとうまく利用すべきだということは申し上げておきたい。

一八六一年一月三日

ワシントン山（一九一六メートル）

ソローはワシントン山（ニューハンプシャー州）を二度、訪れている。一回目は一八三九年の八月三十一日から九月十三日までで、兄のジョン（＊1）と船でコンコード川とメリマック川をフックセット（ニューハンプシャー州）まで行き、十九キロあまりを歩いてコンコード（＊2）に着いて一泊した（場所は不明）。

＊1　兄ジョンは、この旅から三年後の一八四二年に、破傷風のため急死する。

＊2　このコンコードは、マサチューセッツ州にあるソローの郷里コンコードではなく、ニューハンプシャー州の州都。

翌日、二人は馬車でプリモスまで北上し、さらに二十キロあまり北へ歩いてウエストソーントンのティルトンズ・インに到着した。サンボーントンまで来てはじめて、ホワイト山脈を目にすることができた。翌日も徒歩でフランコニア・ノッチを過ぎて三十キロ強をこなし、観光名所であるフルーム、ベイスン、「オールドマン・イン・マウンテン」（＊3）などの自然美を見物し、フランコニアで一泊した（宿は特定できないが、私が推定したところでは、ルート18に沿ったフランコニア南三キロあまりのところにあるロベットというホテルではなかろうかと思う）。

＊3　フルームは渓谷。ベイスンは氷河が作ったカール状の窪地。「オールドマン……」は、人間の顔に似た岩。

フランコニアを後にした二人は三十三キロ近くを踏破し、トマス・J・クローフォードの宿に、九月八日と九日に二泊した。これは、セイコ湖の反対側、ノッチ（渓谷）の入り口にあった「ノッチ・ハウス」を指している。一八二八年に建てられたが、一八五四年に消失した。この建物は、トマス・コール（前出）の有名な油絵「ホワイト山脈のノッチ（クローフォード・ノッチ）」に描かれている。

この作品の下絵は、ソローが来る二か月前に描かれた。九月十日にソローと兄ジョンは、

「クローフォードの道」を十三キロ歩いてワシントン山の山頂に到達した。そして「コンウェー」に乗って宿に帰るのに間に合うよう戻ってきた。コンウェーというのは、おそらくクローフォードの馬車《ワゴン》のことだろう。「クローフォードの道」は一八一九年にエイベル・クローフォードと息子のイーザン＝アレンが作ったもので、いまだに遊歩道として使われている。ソローが登山してから百五十周年（一九八九年）を記念して、彼にならって私もこの山で十時間半を過ごした。だがこの山に登ったときのソローは、私より二十七歳も若かった。しかし往復二十六キロの山道は、年齢に関係なくこたえる。ソローは五日間で百三十キロも歩いたことになる。

引用出典：『日記』および『コンコード川とメリマック川の一週間』

一八五八年七月二日〜十九日

ソローは、十九年後にまたワシントン山に戻ってきた。このたびの同行者は、前年の夏にメイン州で知り合い、コンコードで弁護士をしているエドワード・ホーだった。最初の日は、馬車を借り切って北へ向かった。ソローは、メリマック川を見て元気が出た。

「このあたりの光景には、信じがたいほどの迫力がある。突然、眼下には幅広い水色の帯が迫ってきたし、曲線や土手の具合もいい。私は、地面の呪縛《じゅばく》から解き放たれた。昼間の四時間をあちらの道で丘の間を走っていたのだが、いまこうしてたった四分の一マイル（四百メートル）ほど移動しただけで美しい川沿いに旅しているのと比べると、なんと大きな違いがあることだろう。ここでは、大地が液体になって私の頭脳に入ってくる。空は地上のものを映し出している。そしてはるか彼方の岬は、ほかの大陸への架け橋になる高速道路だ。この流れは、私を世界につなげてくれる。私たちを高めてくれるもの、元気づけてくれるものの上に腰掛ける場合には、用心しなければならない。そのような場所に私の思いは閉じ込められるのだが、なんともみみっちいものに感じられる。私は、旅行者たちの目をはばかって身を隠したくなる。このようなところに来ると、人びとは気宇壮大になって高揚する。私は、川のもたらす美しさに酔いしれる」

二人はその晩、メリマックの町（ニューハンプシャー州）の宿で泊まった。

「モリツグミの歌声が、どこに行っても聞こえる。夜も昼も私たちのために絶えず世界を浄化して、神に捧げてくれているかのようだ」

七月四日の独立記念日、日曜日。

「ラウドン・リッジの尾根を右に見ながら、私たちはホロー・ロードを進み続けた。――森を抜けるかなり長い道で、民家は一軒もない。――カンタベリーの町をかすめ、ギルマントンのファクトリー・ヴィレッジに入る」

私は一九八五年の七月四日、同じ独立記念日にこの道を歩いた。カンタベリーのシェイカー・ヴィレッジ（*4）に立ち寄り、彼らの住居を見学し、駐車場でキャンプをした。

＊4　クエーカー教徒（フレンド会信徒）の村。十七世紀の中ごろイギリスで始まり、アメリカにもペンシルヴェニア州を中心に広まった。質素な生活を信条とする。礼拝のとき体をゆすることからこの名が付いた。

ソローが歩いたというホロー・ロード（**一八五八年に刊行されたH・F・ウォリングの『メリマック郡地図』でも確認できなかった**）は、現在のルート106ではないかと思われる。これはシェイカー・ロードと平行に走っていて、シェイカー・ヴィレッジの東二キロのところにある。ソローはシェーカーの村のすぐそばまで来ていながら、訪れていないし、日記で触れてもいないのは不思議に思える。詩人でソローの親友であるエマソンは、ここを二度、訪問している。一八二八年一月二日と、一八二九年八月七日と八日である。ファクトリー・ヴィレッジというのは、一八五九年までギルマントンの町の一部だった。だがこの年にアッパー・ギルマントンと改称された。一八六九年からは、ベルモントと呼ばれるようになった。

「私たちはギルマントンを通り過ぎてメレディス・ブリッジに至り、さらにサンクック山を右に見ながら歩き続けた。この山は樹木も生えていない岩山で、麓には大きなウィニピソーキー湖（*5）がある」。

＊5　ソローは　Winnepisoeogeeと書いているが、現在ではWinnipesaukeeと表記される。

「橋を渡ってから五、六マイル（十キロ弱）行ったところでこの道から離れ、日中は湖のほとりで過ごした」

ベルクナップ連山の一つガンストック山を、現地ではサンクック山と呼んでいる。ソローは、一八四八年にアンキャナノック山から眺めたときにガンストック山と呼んでいた山が、このとき見たサンクック山と同じものだとは思いもしなかったのではないかと思う。メレディス・ブリッジは、一八五五年にラコニアの町に併合された。

レッド・ヒル

（一八五八年）七月五日、二人はレッド・ヒル（六一八メートル）に登った。

「（チャールズ・T・）ジャクソン博士（＊6）によると、この丘がレッド・ヒル（赤い丘）と呼ばれている理由《わけ》は、秋になるとウヴァウルシ（ベアベリー＝クマコケモモ）が赤く色づくからだという」

＊6　ソローの親友である詩人エマソンの義理の兄弟。

「頂上で数時間を過ごし、食事をした際にお茶を飲むため、半マイル（八百メートル）ほど水を運び上げ、少量のお湯を沸かした。

南東方向に見える有名なウィニペソーキー湖と湖中に点在する島々の景観を楽しみ、西のほうには小さなスクウォーム湖が望めた。だがこの時間帯に同じく印象的だったのは、北方に展開する野趣のある山容だった。十数マイルの遠方にそそり立つチョコルア山（一〇五九メートル）とサンドウィッチ山（一二二七メートル）までが人跡のある限界のように思えたし、事実その通りだった」

ソローはニューハンプシャー州の山々について書き込んでいるが、南はマナドノック山まで「おぼろげで青く霞んでいた」と表現している。いまではこのあたりまで、二・七キロにわたって快適なトレイルが延びている。

ソロー兄弟がホワイト山脈に登るより前の一八三九年八月二十六日、エマソンはレッド・ヒルに登っており、この地に五十一年間も住んでいるクック夫人という女性に会った（『ラルフ・ウォルドー・エマソンの日記と雑記帳』）。

「私たちは丘から降り、馬車で西へ向かい、オシピー山の北西側を通過した。……私たちは午後いっぱい、この山を見ながら移動した。なかなか後方に去らず、いつまでも大きく立ちはだかっていた。ベアキャンプ川を渡ったが、浅くて思ったより流れも緩やかだった。この川は、オシピー湖に注ぎ込む。チョコルア山の麓を東に回り込んだので、改めてこの山容を間近に見て威圧された。タムワース村で、一夜を過ごした」

オシピー連山の最高峰ショー山（九一一メートル）で、詩人ロバート・フロスト（＊7）は同伴のエレノア・ホワイトとともに一八九五年の夏を過ごした。

＊7　自然と人間をテーマに、多くの作品を残した国民的な詩人。ピュリツアー賞を四回、受賞した。一八七四〜一九六三。

フロストの家があったあたりにはいま「キャッスル・イン・ザ・クラウド（雲のなかの城）」が建っていて、五月中旬から十月中旬まで一般公開されている。

ソローとホーは七月六日の早朝五時半に出発し、シルヴァー湖で休憩して朝食を摂った。この湖の北、ルート一一3の西には、マジソン・ボウルダーという丸い巨石がある。

「コンウェーからノースコンウェーに至る沿道の風景は、驚くほどスケールが大きい。行けども行けども、次々に山々のパノラマが展開する」

画家のベンジャミン・チャンプニー（＊8）も、ソローと同じ見方をしている。

＊8　ニューハンプシャー州生まれで、ホワイト山の風景を描き続けた。一八一七〜一九〇七。

チャンプニーはノースコンウェーのケアサージ山荘に滞在し、サンセット・ヒルからワシントン山を描いた。彼は三年後の一八五三年にここに家を買ってアトリエを増設し、家族とともに暮らした。ここは、画家仲間のたまり場になった。ソローがこのあたりを通った七月六日ごろ、チャンプニーもコンウェーにいて、チョコルア山をスケッチしていた。

チャンプニーはソローと同い年で、ボストン・アートクラブの創立委員だった。ボストンの文芸クラブで、展覧会も開いた。ソローは、手元に置いていたベンジャミン・G・ウィリーの著書『ホワイト・マウンテン事件史』（一八五六年刊）に掲載されていたチャンプニーの三点の挿し絵を見ていた。また、手前に自らの農家を描き込み、口絵になっていた絵画作品「ノースコンウェーから見たホワイト山脈」にも親しんでいた。チャンプニーの家とアトリエは、いまでもメインストリートとローカスト・レインの交差点の角に建っている。

「バートレット・コーナーでエリス川が眼前に現れ、私たちはジャクソン・センターのこちら側、橋の近くでサトウカエデが茂る堤で昼食にした」

翌日は、地元で農業を営むウイリアム・ウェントワースとともに、「八マイル（十二・八キロ）先のグレン・ハウスまで馬車で行った。そこから、彼と馬車は引き返した。この道は、ピンカム・ノッチ（＊9）と呼ばれる場所を通る」

＊9　薬品のパテントで財をなした女性実業家リディア・エステス・ピンカム（一八一九〜八三）は、道路の整備を条件に下賜された土地ピンカムズ・グラントのなかに屋敷を持つ。ノッチは、山間の細道を意味するニューハンプシャー州に特有の呼び名。

「農民のウェントワースは、ここに三十年も住んでいる地つきの男だ」

彼らは午前十一時半に標高四八八メートルの地点から出発し、グレン・ブライドル・パスという小道を歩いて頂上を目指した。これはのちに馬車道になり、現在では十三キロ近い自動車道になっている。ソローは、登って行くにつれて植物相が変わってきたことに気づいた。そして「山小屋では、炭焼き人たちとともに一夜を過ごした」。――以前に「ハーフウェーハウス」があった、一一七〇メートル付近ではないかと思われる。

「さらに一マイル半（二・四キロ）近く登ってみると、新たな高山植物がたくさん見つかり、標本を持って山小屋に戻った。陽気な炭焼き人と彼の助手は山頂で使う炭を焼いていたのだが、翌朝には下山するのだという。彼らは私たちを歓待してくれ、いろいろの話をしてくれた。私たちはわずかな牛タンを煮たのだが、強風が吹き募ってきて、割れ目の入ったストーブから火の粉を散らした。炭焼き人はページという名だったが、彼は何頭ものヤギを山に連れて来ていて、その乳を私たちのコーヒーにも入れてくれた。ここの道は、岩棚を避けながら南北に走っている。私たちが外出している間に吹き下ろした風のために、汚いキルティングのベッドカバーに火の粉が移って、あやうく小屋全体を燃やしてしまうところだった」

翌七月八日の早朝、ソローは頂上に立った。厚いコートを着ていたために汗をかいたが、木が途絶えた標高の高い場所で植物を採集した。たとえばユキソウ、ラブラドルチャ（茶）、高山コケモモ、クマコケモモヤナギ、ダイアペンシアなどだ。

「花の季節ではないため、咲いているのは一種類だけだった。岩の間に群生していて、葉は丸みを帯びている。苔のようだがもっと固く、花だけがかなり高く頭をもたげている」

ソローはさらに黒いクローベリー（ガンコウラン＝岩高蘭）、マウンテン・クランベリー（ヤマコケモモ）、ゴールドスレッド（金糸、ミツバオウレン＝三葉黄蓮）も見ているし、「背の低いアメリカシラカバの林、モミ（樅）やトウヒ（唐檜）などの雑木林にも行き当たった。トウヒの枯れ枝はシカのツノのようで、育ちが遅く、固くてねじれてこぶがあり、あらゆる方角に不規則に枝を伸ばしている」

ソローはさらに、イワツツジ、ヒカゲノカズラ、キジムシロ、ヤマダイコンソウなどが多いことにも注目した。

「そして小さなヒメクサは、かわいい紫がかった花をまだつけていた。葉の固い苔が群生している感じだった。……」

私はほかの連中より三十分ほど早く起き、すばらしい景観を楽しんだ。いくらか靄がかかっている程度だったが、みなが起き出したころには、冷たい霧のなかにすっぽり包まれていた。岩陰にうずくまっていても、かなり濡れた」

ソローが十九年前（一九三九）にここに来たとき、頂上はまったく自然のままだった。だがこのときには、石造りの建物が二棟できていた。「ザ・サミット・アンド・ティップトップ・ハウス」では、食事や宿泊もできた。経営していたのはジョゼフ・S・ホールとジョン・H・スポールディングで、ソローはこの二人に会っている。ティップ・トップはいまでは改築され、博物館になっている。

詩人のエマソンは、資料で見る限り、ワシントン山の山頂に二度、登っている。最初は一八三二年七月十六日で、イーザン＝アレン・クローフォードの家からクローフォードの道2号を通って徒歩で登山した。作家のナサニエル・ホーソーンも、二か月後に同じルートで登頂した。エマソンの二度目は一八七〇年九月五日で、このときは馬車で登ってきて、鉄道で降りた。ソローの記述に戻ろう。

「午前八時十五分ごろ、まだ霧は濃かったが、私たちはタッカーマン渓谷を目指して出発した。霧のなかでも私は渓谷の近くに来たことを察知したが、私たちと十ロッド（約五十メートル）と離れていなかったスポールディングも、渓谷が始まる場所を指し示した。私は四ロッドか五ロッド（二十～二十五メートル）進むたびに磁石で方角を確かめ、道に見当たる岩のほうに向かったが、霧がもはやそれほど濃くなかったにもかかわらず、三、四歩も行くと目印にした岩を見失った。この霧は、本当にやっかいだ。……

磁石を頼りに、雲のなかをまっすぐ渓谷の端とおぼしきところへ下って行ったが、それほど面倒ではなかった。おおむね、岩はそれほど大きくなかったし、やがて湿って足場の柔らかい草地に出たからである。山頂から八百メートルも下っていない、いくらか傾斜した緑の岩棚の間に、クリスマスローズが生えていたし、群生したブルーイト(*10)は満開だった。平地で春に咲く、私たちになじみの種類と比べると、かなり大きいし、色鮮やかだ。……」

＊10 アカネ科トキワナズナ属の総称。青い花をつける。

「わずかな残雪個所を渡ったが、予想以上に固く凍結しているので、旅行者にとっては危険だ。私は急斜面を滑り落ちそうになり、懸命にしがみついたため、指の爪を何本かはがしてしまった。渓谷の入り口のあたりで雪原は不規則な三角形になっており、横幅は北から南にかけて六十ロッド(**三百メートル**)ほどあり、上下の幅は二十五ロッド(**百二十五メートル**)くらいだ。厚さは、場所によっては六フィート(**百八十センチ**)に達するだろう。だが私たちがいる間に雨が降り、いくらか雪原が小さくなったようだ。例年なら、八月末には完全に消えるのだという。表面は固く、かかとを食い込ませることもできない。かなりの急斜面で、たいていの家屋の屋根より勾配がきつい。セイコ川の水源がこの裏側にあり、かなりの水量が流れ出ているため、雪は幅一ロッド（五メートル）ほどの低いアーチ型に溶けている。夏でありながら、ここでは冬ないし早春の現象が見られる。雪のアーチの周辺や下のほうでは、下界の春に当たる季節の感じで、多くの植物が芽を出しつつある」

渓谷の終点に来て、一行はふたたび太陽に出会った。そのおかげで、目指す渓谷の谷底にあるハーミット（仙人）湖まで見えるようになった。

「だがエリス川の水源である流れの端まで降りて行くのは、すぐ近くにありながら、モミやトウヒが茂り過ぎているためかなり困難だった。そのため湖までの道を三分の二くらいまで行きながら、背の低いモミが密生しているあたりでキャンプを張ることにし、斧を振るってスペースを作った。木の高さはそれでも七、八フィート（二メートルから二メートル半）はあったから、手間と労力はかかった。それがすむと、ウェントワースは風の当たらないところで火をおこした。岩にこびりついた苔はかなり枯れていたので、あらかじめ取り除いておくよう私は警告したのだが彼は聞き入れず、そのため苔にもモミの葉にも火が燃え移り、パチパチと音をたてながらたちまちあたりに燃え広がった。私たちは、あわてて荷物をどけた。だが幸いにも私たちのところから一フィート（三十センチ）ほどの場所で火は止まったので、雑木林に逃げ込まずにすんだ。だがトウヒの根が浅くて地面に露出している個所では、とくに火回りが早かった。このおかげでシカがツノをひっかけずに走り回れる広場ができたし、山腹に私たちの存在証明を記すことができた。……

火がまだ燃えさかっているのを尻目に、私たちは下り始め、最初の小さな湖に出た。流れを渡り、岩から岩へと飛び移った。万年雪の下で、流れは一マイル（一・六キロ）のうちに千フィート（三百メートルあまり）も下り降りているように思える。私たちは最初の湖と流れの中間のちょっとした高みで、キャンプをした。このあたりは、高さ三十フィート（九メートル）もあるモミとトウヒが生い茂っている。だが、このあたりが高木限界なのだろう。歩いているうちに、小川のほとりに花が咲き始めたばかりのウサギギクを見つけた（渓谷から半分ほど上がったあたりでも見かけた）。とてもいい匂いがする、黄色く輝く花だ。流れに沿って、グリーン・オールダー（ハンの木）はいたるところに繁茂している。キャンプの近くでは残雪のあたりにも見られ、高さは八フィート（二メートル四十センチ）ほどだ。これは矮小種で、まだ花をつけている。だが実がなっているのは、下のほうだけだ。葉は丸くてつやがあるが、しわがあってねばついている。川沿いでは、キンポウゲの小さな花も満開だった。

キャンプの近くにはハナウドやセリ科のアストランティアが、みごとに生えそろっていた。後者の葉はきわめて大きく、幅十八インチ（四十五センチ）、傘型の花序は、八インチか九インチ（二十～二十二・五センチ）あった。葉柄は、刀の鞘ほどもある」

このあたりで、ソローに途中まで同行した、ウースターの友人H・G・O・ブレイクとテオ・ブラウン（*11）が合流した。

*11　この二人は、つねに「ブレイクとブラウン」と連名で登場する。

彼らは「濡れそぼってみすぼらしい格好になり、あちこちブヨにさされて血を出していた」。彼らは、ウェントワースが火を焚いたときの煙を目撃していた。

「七月九日、金曜日。四十ロッド（約二百メートル）北東のハーミット湖まで歩いた」

ソローはここで、目にした植物について記している。

「午後は川を遡り、すわった丸太の周辺で集めたスノーベリー（セッコウボク＝雪晃木）をつまみ、お茶を飲んでから渓谷を抜け出た。この実はたいへん美味《うま》かったので、ブレークはどっさり家に持ち帰った」

これより一年前、インディアンのガイドだったジョー・ポリスが、メイン州でスノーベリーのジュースをソローとホーにふるまったことがあった。ソローは、タッカーマン渓谷の深さは三百メートルから四百五十メートルくらいと推定した。それは、ほぼ正しかった。――底辺にあるハーミット湖と上のタッカーマン・ジャンクションとの標高差は、四百五十九メートルである。氷河がえぐったこの美しいカールは、エドワード・タッカーマンの名を取って名づけられた。タッカーマンはソローと同じく一八一七年の生まれで、一八五八年、アムハースト大学・植物学の教授になった。ソローが、最後にここを訪れた年である。この同じ年に、タッカーマン渓谷という名称が、はじめて地図に記入された。もっとも、この呼び名はその十年も前から定着していたのだが。ソローは苔の名前を確かめるのに、タッカーマンの著作を利用した。ソローがここで設営したキャンプ地（一一七六〜一一八一メートル）は、彼のキャンプ場所としては最も標高が高かった。七月七日の山小屋やクターディンのものより、いくらか上にある。

「帰途に小川を飛び越えた際に、私は片足をくじいてしまった。そのためその晩は眠れず、翌日は歩くこともできなかった。ブヨは夕方まで私たちを悩ませたが、このブヨには大小さまざまな種類があった。大きいのは一インチの八分の一（三ミリ強）あまりあった。かなり寒いために、蚊はほとんどいない。

夕方になると小型のフクロウがやってきて、私たちから十二フィート（三・五メートル）も離れていない枝に止まった。私たちを値踏みするように、じっと観察していた。金切り声を上げる、アメリカオオコノハズクだと思う」

だが自信はないようで、「アカディカか、それともヒメキンメフクロウか？」と、疑問を付け足している。アカディカないしアカディアンというのは、ヒメキンメフクロウのラテン語の学名で、最初に捕獲されたアカディア（ノヴァ・スコシア）に由来している。だが、現在ではほとんど使われない名称だ。ニューハンプシャー・オズボーン・ソサエティのマーク・ソマーラは、私にこう説明してくれた。

「最も可能性が高いのは、ヒメキンメフクロウでしょうね。でも、そうとも断定できません。東部に住むアメリカオオコノハズクは、いまではもっと南にいるのが普通ですが」

七月十日。

「キャンプの周辺で見られる動物は、アメリカアカリスだけだ。……灰色がかったユキヒメドリ（雪姫鳥）は（ソローにとっては冬の鳥だが）渓谷の上のほうではかなりたくさん見られた。渓谷の上空を舞っている一羽の大きな猛禽も見かけたが、おそらく鷲《ワシ》だろう。モリツグミやビリーチャツグミは、絶えず鳴いている。朝夕は、とくにかしましい。だがここに特有な鳴き鳥は、マナドノックでも同様だが、甲高くてよく通る声で元気にさえずる。とにかく、鳴き止むことがない。……コルクの栓抜きを回したときに出るシューという連続音を、私は連想した。鳥は栓を抜きかけたまま、放置して飛び去ったのだろう、と私は評した」

この歌姫は「声はすれども姿は見えず」で、ソローも確認できなかった。鳥類学者でソローに私淑《ししゅく》しているフランシス・H・アレンは、声の主はミソサザイだろうと推測する。マーク・スマーラも、同じ意見だ。アレンはさらに、ソローがモリツグミとビリーチャツグミと言っているのは、背中がオリーブ色をしたスワインソン・ツグミと、ほおがグレーのビックネル・ツグミに違いあるまい、と推察する。

日曜の夜は雨が降ったが、ソローの一行はいっこうに気落ちしなかった。七月十二日の月曜日は、ソローの四十一歳の誕生日だった。一同は、「二マイル半か三マイル（四、五キロ）歩いて馬車道に出た」。これは現在のレイモンド道で、二マイルの標識があるすぐ下で、自動車道につながっている。この同じ道を、一行は五日前に登って行ったのだが、帰りはグレンハウスまで下って行った。

「グレンハウスから四分の三マイル（一・二キロ）下の、ピーボディ川のほとりで食事をした。……私たち三人は、午後は馬車で北ないし北東方向に向かい、山裾をめぐってゴーラムの町を通過した。私たちはゴーラムの西一マイル半（二・五キロ）のあたりで、沿道に近いムース川のほとりでキャンプした」

農民のウエントワースは帰宅したに違いなく、テオ・ブラウンも戻ったのではないかと思われる。

「七月十三日、火曜日。今朝は雨で、昼近くまでテントに閉じ込められた。馬車で出発しても、景色が見えなければつまらないからだ。

ランドルフ峠を超えたところにあるランドルフの、『ウッズ』という食堂《タヴァーン》で食事をした。ここからは、マディソン山（一六三四メートル）とジェファソン山（一七四二メートル）がよく見えた。……だが、頂上はずっと雲に隠れていた。……

雨は降り続いて、午後も濡れそぼっていた。……

私たちは、ジェファソン・ヒルの市役所の向かいにある店に入って休憩した。二日間、雨にたたられたが、日没ころにはやっと晴れた。山々のすばらしい景色が眺められ、濡れた旅の借りをやっと返した。ワシントン山は、南東十三マイル（二十・六キロ）のところにそびえている。南西方向には、同じ高さに見える森が、途切れなくどこまでも続いている。……丘をもう少し高くまで上がると、市役所から北の濡れた草地の彼方には、マディソン山からラファイエット山まで、ホワイト山脈の全貌が眺め渡せる。……

日が沈むと裸の山頂は微妙なピンク色に染まり、やがてスミレ色からダークブルー、紫へと裾のほうから変わっていく。夜の藍色の影はすばらしく、雪にコントラストを与えるブルーを連想した。夕焼けにもブルー系の色が絡み合って、変化が繰り返される。これほどみごとで壮大な景色は、これまでにも見たことがない」

ソローがゴーラムからジェファソンまでたどった道は、現在ルート2と呼ばれている。ウッズ食堂《タヴァーン》は、かつてはルート2の北、オールド・ピンカム・ノッチ・ロードの東にあったが、いまでは「ブロード・エーカーズ・ファーム」という農場になっている。ジェファソン・ヒルは、単にジェファソンという地名になった。市庁舎はウォムベック・ブルックという小川のほとりに建っていたが、いまでは「マウント・スター・キング・トレイル」という道になっている。したがってソローが眺めた景色は、この山の南側から見たことになる。彼が市内で泊まった宿は「チェリー・コテージ」であることがのちに分かったが、一九七二年に移築された。ジェファソンの東にある道の分岐点からの眺望は、いまでも圧巻である。

ラファイエット山（一六〇三メートル）

「七月十四日、水曜日。私たちは午前中に、馬車でホワイトフィールドを経てベスリヘム（＊1）に着いた。……

＊1　ともにニューハンプシャー州北部。

「フランコニアから、長い丘を登り、（フランコニア・）ノッチに向かった。途中でプロファイル・ハウスを通過し、そこから半マイル（八百メートル）ほどラファイエット山に近いところで、キャンプした。……

七月十五日、木曜日。ラファイエット山（別名グレイト・ヘイスタック＝巨大な干し草の山）に登り続ける。既存の道から頂上まで、曲がりくねった尾根伝いに約三マイル半（五・六キロ）くらいか」

「オールド・ブライドル・パス」は、フランコニア・ノッチ・パークウエー（乗用車専用道路）からAMC・グリーンリーフ・ハットという小屋まで、四・六キロの道のりである。ここからグリーンリーフ・トレイルが頂上まで、一・八キロ続く。ソローが踏査した「小さな湖」は、小屋の近くにあるイーグル湖（標高、約一二八〇メートル）である。

「この湖の上や下には背の低いモミなどの雑木林があって、私が見たなかでは最も美しいトゥイン・フラワー（＊2）を見つけた」

＊2　リンネソウなどスイカズラ科リンネーア属の匍匐植物。ピンクや赤紫の花が対になって咲く。

「かなり密生していて、紫っぽいバラ色をしている。ふだん泉のわきなどで見かける、垂れ曲がっていて淡い色の花と比べると、かなり濃い赤紫だ。私が知っている限り、山の花としては最高の美しさだ。……」

このラファイエット山では、天候に恵まれた。山頂からは、ワシントン山などがよく見えた。ただし、地平線のあたりはやや靄《もや》っていた。かなり野生が残っており、南南西から東回りに北北東まで、びっしりと森林が覆っている。北西方向のマナドノック山に面した方角はところどころ開拓されていて、まるでヒョウの斑点のようだ」

一行は食事するために「小さな湖」に戻り、ソローはモミとトウヒの年輪を数えるのに余念がなかった。

「半分ほど下山したところで、私たちはトウヒの森に近い道ばたで、イカル（＊3）のつがいを見かけた」

＊3　大きくて頑丈なくちばしを持つ鳥。

「巣を見つけたいと思ったが、見当たらなかった。とても人に慣れていて、オスのほうは首、頭、腹、尻が鮮やかな赤っぽいオレンジ色だった。――羽や尾は黒っぽい（メスは黄色みがかっている）。羽には白い筋が二本、入っている。オスは好奇心が強く、低い声でさえずりながら近くまで飛んで来る。恐がりもせず、四フィート（一・二メートル）くらいまで接近した。私たちを見つめて羽づくろいをし、私たちがすわっているあたりのザイフリボクの葉を何分間かついばんでいた。メスはその間、一ロッド（五メートル）ほど離れたところにいた。このつがいは、この付近で子育てをしているに違いなかった。だがウィルソンもナトール（後述）も、アメリカでヒナが育った例は明記していない」

ソローが引き合いに出している人物は、鳥類学者でナチュラリストのアレグザンダー・ウィルソン（＊4）と、トマス・ナトール（＊5）のことだ。ナトールは、ソローがハーヴァード大学で学ぶ前に教鞭を取っていた。

＊4　イギリス生まれだが、アメリカの鳥類研究者として知られる。詩人でもある。一七六六～一八一三。

＊5　イギリス生まれの植物学者でナチュラリストだが、アメリカの新種植物を多数、発見した。一七八六～一八五九。

「馬車に乗り、ウエスト・ソーントンのモリソン・イン（以前のティルトン・イン）で旅装を解いた」

ソローは、フランコニア・ノッチを通って来た最初の旅（一八三九年）を逆方向にたどったことになる。そして一八三九年九月六日に兄ジョンと泊まった、なつかしの宿を再訪した。

七月十六日は、ソーントンとキャンプトンを経て南に向かった。ソローは、体験をもとにこう書いている。

「山の頂上は遠くから見ると整然としているように思えるが、決してそうではなく、好天に恵まれても制覇は容易ではない。……

フランコニア・ノッチの西にあるキャノン山（一二五〇メートル。ここに、老人の顔に見える岩、ディ・オールドマン・オブ・ザ・マウンテンがある）は、私が見た山々のなかでも特異なゴツゴツした岩だらけの山容だし、しかも高い。巨人が住んでいたか、大量の干し草を積み重ねたか、という趣《おもむき》で、形容しがたいピラミッド型を成している。……目は全体の形を認識し、わずかなヒントから輪郭を把握する機能を果たしているのだと思う。……

昼食は、ニューハンプトンにある屋根つき橋から八百メートルほどペミジェウォシット川を遡った堤で食べた。……

川の西側、フランクリンのタヴァーン（＊6）で宿泊した」

*6　もともとはイギリスの居酒屋だが、食堂でもあり、宿屋《イン》でもある。

「七月十七日、土曜日。ウェブスター（*7）の家の近くを通り過ぎる。村から三マイル（四・八キロ）ほどこちらに来たところだ」

*7　ダニエル・〜。弁護士・政治家。最高裁判事、上下議員、国務長官を務めた。愛国的な雄弁家として知られる。一七八二〜一八五二。

ダニエル・ウェブスターはかつて、ソロー一家と暮らしていたソローの叔母ルイーザ・ダンバーを尋ねて来たことがある。ウェブスターの生家はニューハンプシャー州の史跡になっているが、場所はウエスト・フランクリンからルート１２７沿いに南西に数キロ行ったところだ。このあたりには、一キロ弱の自然歩道がある。「昼は、州都コンコードの北西端にあるコントゥークック川の堤で過ごした。ダムがあるため、流れは淀んでいる。……ウェアに到着し、静かでまずまずの宿でくつろいだ。だが、シャワーがある気配はない。……

七月十八日、日曜日。ヴァーノン山の東側、ニューボストンをアムハーストからホリスまで歩き続ける。昼はホリスのペニチュック川に沿った森にある、水車用貯水池の脇で食べた。村の北、三マイル（四・八キロ）のところだ。夕刻には、ペパレル（マサチューセッツ州）に着いた」

ボストン・ポスト・ロードを経てアムハーストに入ったソローは、一八五六年十二月十八日の「刺すような寒さの午後」、バッファロー（野牛）の皮で作った膝掛けにくるまって、ソリでナシュアからアムハーストに到着したときのことを思い出したに違いない。このすばらしい歴史的なルートを追認して踏破するために、私は六時間もかかった。ソローが「ギリシャ正教の教会地下室（聖具保管室）で講演したが、名誉を汚したのではないかと危惧する」と書いた組合教会の建物も、私は見学した。彼が泊まったホテルは、もうなかった。ベッドフォード自動車道にあるアムハースト公有地の北八キロのところで、ソローの友人で「ニューヨーク・トリビューン」紙の編集長だったホーレス・グリーリー（＊8）は生まれた。

＊8　奴隷制度に反対する論陣を張った。一八一一～七二。

彼の農家は復元されているが、コッド岬ふうを思わせる大きな建物だ。石標に、「ホーレス・グリーリー・ロード」と書かれていた。私が一九八五年に訪れたときには、このあたりの田園風景によくマッチしていた。だがいまでは、新築の住宅群が近くまで押し寄せてきていた。

ソローはワシントン山を訪れた反省を含めた批判として、徒歩旅行をする一般人について、最後にこう述べている。

「私たちは、なんと野蛮なのだろうか。旅行者の便宜など、ほとんど無視されている。旅行者が持っている特権といえば、だれかの農場の狭くて不愉快な小道を横切ることくらいだ。個人の所有者が、樹木やくだものをはじめ、道の掃除に至るまで、ほかのあらゆる権利をすべて握っている。だが本来は、人類に共通の資産であるべきだ。道路は広く、街路樹が植えられていることが望ましい。また、ゆったりとした休憩施設も整えられていなくてはならない。とくに、泉が湧く場所とか、水が使えるところ、人びとが休んだり、キャンプする施設に配慮が足りない」

ソローは、翌七月十九日の昼に自宅に戻った。彼はすぐに訪れた場所を区分して、観察した植物を列記した。ワシントン山に関してこのような試みははじめてで、高山の生態学《エコロジー》に大きな貢献をした。

「私は前回ワシントン山脈に行ったとき、旅行者として何回か不愉快な思いをした」

と、ソローは一八六〇年十一月四日に、友人H・G・O・ブレイク宛の手紙で書いている。

「最大の不満は、山小屋だ。このあたりにやって来る一般市民が期待しているのは、当然ながら手つかずの自然であって、むしろ都会らしくないことを望んでいる。だが彼らは、可能な限り都会ふうなものに近づけようと努力している。クローフォード・ハウスはいまやガス燈を点《つ》けていて、大きなサロンも備えているそうだ。バンドが出て、ダンスもできるという。私なら、雨のなかトウヒの木材でこしらえたにわか造りの小屋のほうをむしろ歓迎する」（書簡集）

引用出典：『ヘンリー・D・ソローの日記』

［ヘンリー・ソローの著作について］（抄訳）

ほぼ一世紀にわたって、ソローの作品をまとめた全集としては、ブラッドフォード・トリー、フランシス・H・アレン共編の『ヘンリー・デイヴィッド・ソロー著作集』全二十巻（一九〇六年、ボストンのホートン・ミフリン社刊）が代表的なものだった。このうち七巻から二十巻までが「日記」で、この部分には別途、一巻から十四巻までの番号が付いている。だが一九七一年以降、それに代わる全集が刊行されつつある。プリンストン大学出版局が手がけている『ヘンリー・D・ソロー著作集』で、「日記」もこれまで五巻が発売されている。プリンストン版の「日記」は、ソローの手稿を忠実に復元したもので、彼の特異な綴り字や句読点の打ち方、構文などもそのまま生かされている。

その他の著作としては、以下の作品がある（訳者）

『コッド岬』（邦訳・『コッド岬――海辺の生活』工作舎、一九九三）
『ヘンリー・デイヴィッド・ソロー書簡集』
『メインの森』（邦訳・冬樹社、一九八八）
『自然史エッセー』
『ウォールデン』（邦訳・『森の生活』宝島社、一九九八など数種）
『コンコード川とメリマック川の一週間』

日本語によるアンソロジーおよび評伝としては、以下のものがある。

『ザ・リバー』宝島社、一九六三

『野性にこそ世界の救い』山と渓谷社、一九八二

『森を読む』宝島社、一九九五

H・S・ソルト『ヘンリー・ソローの暮らし』風行社、二〇〇一

「ソローの精神（ザ・スピリット・オブ・ソロー）」シリーズについて

ヘンリー・デイヴィッド・ソローは『森の生活』のなかで、こう書いています。

「一冊の本によって人生への新しい扉を開かれた人は、数多くいるに違いない」

この『ウォールデン――森の生活』という本から教示を得、それに鼓舞され、人生における取り組み方を変えた者は世界中でこれまでも現在もおびただしい数にのぼるでしょうし、アメリカ人が書いた一冊の本でこれほどインパクトの強い書物は見当たらないのではないでしょうか。読み返すたびに新鮮な感触を得ますし、勇気づけられます。しかし数え切れないほどのソローの礼賛者がご存じのように、ソローという人物は、『森の生活』より以上の魅力をたたえています。技師（土地の測量で収入を得ていた）、詩人、教師、ナチュラリスト（博物学者）、講師、政治活動家（反権力闘争で知られる）などとして、彼はまことに多面的な人生を

送りました。そのいずれの面でも、彼は今日なおインパクトを持っています。

「ソローの精神」というこのアンソロジー・シリーズ（教育・科学・山岳・陸〔風景〕・水の五部作）は、重要なテーマに関するこの偉大な著作家の考え方をそれぞれにまとめて紹介するもので、いずれも彼にふさわしいトピックですが、読んでびっくりされる方も少なくないかもしれません。五点とも、刊行された彼の有名な著作あるいはそれほど知られていない作品から抜粋したもので、未刊行の講演、書簡、日記からの引用も収録しました。ソローは、次のように明言しています。

「いい読書の仕方とは、実のある数々の書物を真摯に読むということで、それは神聖な行為だといえる。日常的な訓練のなかで評価される部類のなかでも、とくに崇高な訓練だ」

シリーズの編集者たちやソロー協会のメンバーたちは、読者のみなさん方にもこの著作が気持ちを高揚させる「訓練」だと感じ取っていただけるものだと信じています。

ソロー協会が編集するこのシリーズによって、ヘンリー・ソローと歴史的な出版社（ホートン・ミフリン社）との因縁がふたたび復活しました。この畏敬すべき出版社は、百年あまりにわたって（ラルフ・ウォルドー・）エマソンやソローなど、ニューイングランドで活動する「超越主義者《トランセンダンタリスト》」たちの重要な著作やそれらに関連した作品を刊行してきました。プリンストン大学出版局が『森の生活』を皮切りに『ヘンリー・D・ソロー著作集』を一九七一年から刊行し始めるまで、ソロー愛好者たちはホートン・ミフリン社が一九〇六年に出版した『ヘンリー・デイヴィッド・ソロー著作集』全二十巻をもっぱら頼りにしてきたのです。同社は一九九五年にウォルター・ハーディング（＊1）が注釈を加えた『森の生活』を刊行し、ふたたびソロー研究の第一線に復帰しました。

ソローの研究をお続けになりたい方は、ソロー協会にお入りいただけます。五十年あまりにわたって、当協会は刊行物を出し、例会を催し、ソローの思想や著作を追究してきました。そして今回、新たな事業に着手したのです。ソロー協会はウォールデン森林計画（ウォールデン・ウッズ・プロジェクト）と手を組み、ソロー学会を設立したのです。これは研究・教育機関で、ソローの所持品や彼に関連のある世界最大のコレクションも所有しています。『森の生活』の著者は、大きく変化した現代でも、彼のメッセージが人びとに影響を与え続けていることなど、想像もしなかったに違いありません。

会員になりたい方は、以下にご連絡ください。

Thoreau Society, 44 Baker Farm, Lincoln, MA 01773 − 3004. tel.781 − 259 − 4750.

お問い合わせは、781 − 259 − 4700, ホームページは www.walden.org

ウェズリー・T・モット（ソロー協会・当シリーズ編集長）

＊1　評伝『ヘンリー・ソローの日々』など、ソローに関する著書・編書が十八冊ある。ソロー協会の事務局長も務めた。一九一七〜。

訳者あとがき

一世紀半も前のエコロジストであり、エッセイストでもあったヘンリー・デイヴィッド・ソローは、登山家ではない。したがってここに取り上げられているニューイングランドの二十の山々も、みな標高二〇〇〇メートル以下で、本格的な装備を必要とする登山とはいいがたい。ではなぜ、ソローは四十四歳の短い生涯のなかで二十回も山に登ったのか。

この本の副題に、"Elevating Ourselves"とある。これは肉体を高いところに持ち上げるということよりも、精神的に高揚させ、人格を高潔なものに高めようという意味合いで使われている。

ソローの代表作『ウォールデン――森の生活』とも共通している彼の特性でもあるのだが、ここに取り上げられている日記やエッセーにも、子細な自然の観察に加えて、思索的な抽象化や洞察が随所に見られる。「宇宙の全体計画のなかで山々がどのような意味合いを持っているのかも理解できる」「山頂というものは地球の未完成部分だ」「いずことも知れない採石場から惑星の原材料を運んできてぶちまけたような状態」などの面白い表現が出てきて、このあたりに彼のユニークな観察眼や分析力が発揮されている。だからこそ登山はおもしろいのだ、と言外に匂わせている。

このアンソロジーの編者J・パーカー・ヒューバーは、ソローの記述を克明に追跡したうえ、すべて現地調査によって確認作業をした。ソローが泊まった宿がいまも残っているとか、再開発されたとか、その後の百五十年間の変遷が分かる仕組みになっている。

この本の原題は——

Henry David Thoreau：“ON MOUNTAINS——Elevating Ourselves,” 1999, Mariner Books, Houghtoin Mifflin.

で、本書はその全訳である。既刊の『水によるセラピー』（**アサヒ・エコブックス** 2）の姉妹編で、出典は同じくソローの二百万語におよぶ膨大な日記がベースになっている。だが、邦訳されていないエッセーや文献からも数多く引用されている。今回の訳出に当たってとくに役だったのは、本書の訳注にも出したウイリアム・ハウアスが編集した『ソローと歩く（Walking with Thoreau——A Literary Guide of New England）』で、それぞれの山の周辺の詳細な地図がついている。

地名については、ほかにWebster's New Geographical DictionaryとRandMcNally Road Atlasの州別地図が大いに助けになった。人名については、インデックスが完備しているWalter Harding：“The Days of Henry Thoreau”と、インターネットのBritannica.comがきわめて有用だった。『アメリカ州別文化事典』（**名著普及会**）も重宝した。標高は原著のフィートをほぼメートルに直し、慣例に倣って一〇〇メートル（百メートルではなく）という表記に従った。そのため、ほかの数字表記の方式（たとえば十二月）とは一致しない。

ソローは山道を歩いているとベリー類を見つけては、いくらかうしろめたさを感じながら摘んで食べる。これが登山の楽しみでもあるのだが、そのあたりの野生植物に関する蘊蓄《うんちく》を傾けたかなり大部のソローの著作〔四百十二ページ〕がある。"Wild Fruits"（Norton）というタイトルで、二〇〇一年にペーパーバックの復刻版が出た。この本に列記されているベリー類は数多く、ソローの思い入れが強いことが推察できる。イチゴから始まって、ブルーベリー、ブラックベリー、ラズベリー、マルベリー、シンブルベリー、ハックルベリー、クランベリー、エルダーベリー、ホートルベリー、などなど。……

ソローの略歴と業績については、"The New York Public Library Book of Popular Americana," 1994, Macmillan. が多角的に要領よくまとめているので、それを借りることにしよう。

ヘンリー・デイヴィッド・ソロー（一八一七〜六二）――ニューイングランド生まれ。『ウォールデン――森の生活』の著作が最もよく知られている。丸太小屋で二年間「隠遁」生活した体験を綴ったもの。彼はまた、『市民の不服従』（一八四九）というエッセーも書いている。彼はそのなかで、メキシコ戦争（一八四六〜四八。米墨戦争とも呼ぶ）を支援するための人頭税の支払いを拒んだため、一夜、留置場に留め置かれた体験を述べている。また、国家より個人の良識が優先するとも強調した。このように人道主義にもとづいた過激な行動は、一八五九年にも示された。彼はこの年、奴隷廃止を主張するジョン・ブラウン（オハイオ州生まれの敬虔なクリスチャンで、奴隷擁護派の五人を殺害したため、反逆罪で処刑された白人。一八〇〇〜五九）を公に弁護した。ソローの著作に影響を受けた現代の政治指導者としては、マハトマ・ガンジー（非暴力運動でインドを独立に導いた建国の父。一八六九〜一九四八）やマーティン・ルーサー・キング・ジュニア師（アメリカで人種差別撤廃や市民権運動に尽力した黒人の牧師。一九二九〜六八）らがいる。

ソローはマサチューセッツ州コンコードで生まれ、ほぼ一生をここで過ごした。地元の友人としては、詩人のエマソンや作家のホーソーンがいる。ソローの観察記録としては、膨大な日記と、『コンコード川とメリマック川の一週間』『コッド岬』『メインの森』などのエッセーがある。森に住む幼児性と、反社会的な言辞を弄する両面を持っていた。だが本質的には、個人を尊重する典型的なヤンキーだった。……死の床で「神とはうまく付き合ってきたと思うか」と尋ねられたソローは、こう答えた。

「神とは、一度だって争った記憶はないがね」

ソローがアメリカ人の精神的なバックボーンとして、いまだに多くの著作に引用されているのは驚くべきことだ。乱開発の行き過ぎを規制し、生態学《エコロジー》の原点に立ち戻り、人間性を回復する際のシンボルとして、ソローの影は国際的に大きさを増している。そのような時期に、清水弘文堂書房の社主で旧知の礒貝浩氏と意見が一致して、ソローのアンソロジー三部作（三冊目は、『風景によるセラピー』）を翻訳・出版できる運びになったことはうれしいし、アサヒビール㈱が支援する「アサヒ・エコブックス」に加えられるのも光栄だと思っている。

二〇〇二年初春

仙名　紀

仙名　紀（せんな・おさむ）

1936（昭和11）年、東京生まれ。上智大学新聞学科卒。朝日新聞社で、主として出版局で雑誌・図書の編集にたずさわる。訳書は『マードック』『ダイアナ』など50冊あまり。

山によるセラピー　ASAHI ECO BOOKS 3

発　行　二〇〇二年二月二十八日　第一刷
著　者　ヘンリー・デイヴィッド・ソロー
訳　者　仙名　紀
発行者　池田弘一
発行所　アサヒビール株式会社
郵便番号　一三〇－八六〇二
住　所　東京都墨田区吾妻橋一－二三－一
発売者　礒貝　日月
発売所　株式会社　清水弘文堂書房
郵便番号　一五三－〇〇四四
住　所　東京都目黒区大橋一－三－七　大橋スカイハイツ二〇七
Eメール　shimizukobundo@mbj.nifty.com
H　P　http://homepage2.nifty.com/shimizukobundo/index.html
編集室　清水弘文堂書房ITセンター
郵便番号　二二二－〇〇一一
住　所　横浜市港北区菊名三－三－一四　KIKUNA N HOUSE 3F
電話番号　〇四五－四三一－三五六六　FAX　〇四五－四三一－三五六六
郵便振替　〇〇二六〇－三－五九九三九
印刷所　株式会社　ホーユー

ISBN4－87950－551－X C0098

NON STOP DRY

泡の中の感動

瀬戸雄三

聞き手　あん・まくどなるど

ハードカバー上製本　Ａ５版四二二ページ　定価一八〇〇円

アサヒビール会長の感動泡談。

若いころから「お客様に新鮮なビールを飲んでもらう」ことと「感動の共有」を旗印に七転八起の人生――「地獄から天国まで見た」企業人の物語。アサヒビールがスーパードライをヒットさせ売上を伸ばし『環境経営』を理念に据え世界市場をめざすまでのノンストップ・ドライストーリー！　『ＳＥＴＯ'Ｓ　ＫＥＹＷＯＲＤ３００』収録。

才媛あん・まくどなるどが、和気藹々《わきあいあい》、しかし、鋭くビール業界のナンバーワン会長に迫る。

Conducting Environmental Impact Assessment in Developing Countries *Prasad Modak Asit K. Biswas* *ASAHI ECO BOOKS 1*

環境影響評価のすべて

プラサッド・モダック　アシット・K・ビスワス著

川瀬裕之　礒貝白日編訳

ハードカバー上製本　Ａ５版四一六ページ　定価二八〇〇円＋税

「時のアセスメント」流行りの今日、環境影響評価は、プロジェクト実施の必要条件。発展途上国が環境影響評価を実施するための理論書として国連大学が作成したこのテキストは、有明海の干拓堰、千葉県の三番瀬、長野県のダム、沖縄の海岸線埋め立てなどなどの日本の開発のあり方を見直すためにも有用。

■序章■ＥＩＡの概略■ＥＩＡの実施過程■ＥＩＡ実施手法■ＥＩＡのツール■環境管理手法とモニタリング■ＥＩＡにおけるコミュニケーション■ＥＩＡ報告書の作成と評価■ＥＩＡの発展■ＥＩＡのケーススタディー7例（フィイリピン・スリランカ・タイ・インドネシア・エジプト）■

英語版発行
国連大学出版局
東京・ニューヨーク・パリ

ASAHI ECO BOOKS 2

THOREAU ON WATER: REFLECTING HEAVEN: ASAHI ECO BOOKS 2

水によるセラピー

ヘンリー・デイヴィッド・ソロー

仙名 紀訳

ハードカバー上製本　Ａ５版一七六ページ　定価一二〇〇円＋税

古典的な名著『森の生活』のソローの心をもっとも動かしたのは水のある風景だった。

狂乱の21世紀にあって、アメリカ人はeメールにせっせと返事を書かなければならないし、カネを稼ぐ必要があるし、退職年金を増やすことにも気配りを迫られる。そのような時代にあって、自動車が発明されるより半世紀も前に、長いこと暮らしてきた陋屋《ろうおく》の近くにある水辺を眺めながら、マサチューセッツ州東部の町コンコードに住んでいたナチュラリストが書き記した文章に思いを馳せるということに、どれほどの意味があるのだろうか。この設問に対する答えは無数にあるだろうが……。

（『まえがき』〔デイヴィッド・ジェームズ・ダンカン〕より）

ASAHI ECO BOOKS 近刊予告

THOREAU ON LAND

風景によるセラピー

ヘンリー・デイヴッド・ソロー

仙名 紀訳

ハードカバー上製本 A５版一七六ページ 定価一二〇〇円＋税

いま、なぜ、ソローなのか？

『森の生活』のソローの著作を見直し、環境問題の原点を再考する。

ソローのアンソロジー――『セラピー（心を癒す）本』三部作完結編！

Water for Urban Areas――Water Resources Management and Policy

地球に水不足の時代がやってくる！（仮題）

A・K・ビスワスほか

深澤雅子訳

ハードカバー上製本 A５版二七二ページ 定価未定

21世紀に直面するであろう極めて重大な問題は、水である。（中略）急成長している諸国の一層の環境破壊を防ぐには、産業生産量単位ごとの汚染を、現在から２０３０年までの間に90％程度減少させることが必要である。（序文より）

英語版発行

国連大学出版局

東京・ニューヨーク・パリ

実用重視の事業評価入門

マイケル・クイン・パットン著

大森　彌監修　山本　泰・長尾眞文編　ＵＦＥ訳

日本にも「ほんとうの事業評価」の時代がやってきた！

本邦初の本格的事業評価本！

……評価という知的道具をいかに活用するかによって、われわれの意思決定をよりよきものへと改革していくことができるのである。……（最近の日本では）政策の点検・見直しに際し、社会経済状況の変化のなかでも妥当性があるか、目標の達成にどれほど貢献しているか、費用対効果は満たされているか、などをできるだけ客観的に分析し、その評価の方法と結果を公表し、政策選択にどう反映させたか（継続、変更、中止など）を国民に説明する責務が重視されている。公共事業の見直しも政治課題となっている。……（本書の特色は）どうすれば評価は役に立つ（ｕｓｅｆｕｌ）かではなく、役に立つとはどういうことか、いつだれが、なんのために用いることなのかをパットン氏は詳しく説き起こしており……問題はなんのための、だれのための評価なのかである。焦点は評価の活用である。……事業評価は、情報公開、説明責任、効率性の確保、人材開発なども関連し、もはや国や自治体の関係者にとって避けて通れない課題となっている。そのためには、より広く関連した知識を集め、考え、工夫し、実行していく必要がある。本書は、そのための必読書である。

（監修者　大森　彌　東京大学名誉教授）

ソフトカバー　Ｂ５版二八四ページ　定価三五〇〇円＋税

G.PAM COMMUNICATIONS

清水弘文堂書房の学術・文学書
ロングセラー

（2002年1月31日現在　★印最新刊）

学術

形式論理学要説■寺沢恒信　800円（税別　以下同様）

社会思想史入門■猪木正道　618円

ユング心理学入門■V・J・ノードバイ　C・S・ホール　岸田　秀訳　1200円

フロイト心理学入門■カルヴィン・S・ホール　西川好夫訳　1300円

病める心　精神療法の窓から■R・A・リストン　西川好夫訳　1030円

白日夢・イメージ・空想■J・L・シンガー　秋山信道・小山睦央訳　1600円

学習の心理学■E・R・ガスリー　富田達彦訳　2800円

J・デューイと実験主義哲学の精神■C・W・ヘンデル編　杉浦　宏訳　1000円

アメリカ教育哲学の展望■杉浦　宏　3600円

民主主義の倫理と教育■草谷晴夫　3200円

児童精神病理学■座間味宗和　4300円

文明の構造　イカルスの飛翔のゆくえ■宍戸　修　1236円

行動心理学と行動療法■アデライド・ブライ　富田達彦監訳　1000円

原始仏教から大乗仏教へ■佐々木現順　1900円

業（ごう）と運命■佐々木現順　1600円

パーリ・ダンマ（リプリント版）　3000円

両大戦間における国際関係史　E・H・カー　衛藤瀋吉・斎藤　孝訳　1800円

ビザンチン期における親族法の発達■栗生武夫　1500円

エズラ・パウンド■G・S・フレィザー　佐藤幸雄訳　1442円

フロイディズム■金子武蔵　876円

加藤清正　治水編■矢野四年生　2000円

中間生物■小沢直宏　1800円

今なぜ民間非営利団体なのか■田淵節也編　1900円

明治法制史（2）■中村吉三郎　1100円

明治法制史（3）■中村吉三郎　900円

大正法制史■中村吉三郎　1030円

債権各論の骨■中村吉三郎　1200円

日本における哲学的観念論の発達史■三枝博音　2500円

政治哲学序説■今井仙一　1600円

内田クレペリン検査法の発展史的考察■外岡豊彦　1030円

弁証法入門■高山岩男　500円

条件反応のメカニズム■W・ヴィルヴィッカ　富田達彦訳　2000円

古代地中海世界　古代ギリシャ・ローマ史論集■
伊藤　正・桂　正人・安永信二編　4800円

文学

比較文学■ポールヴァン・ティーゲーム　富田　仁訳　1800円

ソルジェニーツィン■人と作品　C・ムディ　石田敏治訳　1300円

ヘミングウエイ■S・サンダースン　福田陸太郎・小林祐二訳　1200円

短歌の文法■奈雲行夫　1400円

短歌の作り方　やさしい理論とその実際■森脇一夫　1100円

作句と鑑賞のための俳句の事典■高浜年尾監修　大木葉末　1500円

芭蕉俳句鑑賞■赤羽　学　1500円

芭蕉俳諧の精神■赤羽　学　18000円

続芭蕉俳諧の精神■赤羽　学　14000円

芭蕉俳諧の精神■総集編　赤羽　学　38000円

幽玄美の探究■赤羽　学　15000円

現代短歌入門■加藤将之　1200円

齋藤茂吉論■加藤将之　1800円

齋藤茂吉とその周辺■藤岡武雄　1800円

茂吉・光太郎の戦後■大島徳丸　1800円

日本文芸論の世界■實方　清　2800円

日本現代小説の世界■實方　清編著　1800円

島崎藤村文芸辞典■實方　清　1200円

日本文芸学概論■實方　清　1300円

近代とその開削［石坂　巌教授退任記念論文集］■飯岡秀夫・宮本純男編　2500円

日本近代小説（3）■中島健蔵・大田三郎・福田陸太郎編　1400円

日本近代評論■中島健蔵・大田三郎・福田陸太郎編　1400円

古典と現代■西洋人の見た日本文学　武田勝彦編　1300円

現代につながる「太平記」の世界■山地悠一郎　2000円

「太平記」の疑問を探る■山地悠一郎　2000円

比較文学講座　目的と意義—■中島健蔵・大田三郎・福田陸太郎　1500円

英米文学　作品の解釈と批評■大田三郎　1300円

啄木私稿■冷水茂太　1400円

キャフエのテラスで■山田五郎　1030円

母の初恋■岡井耀毅　1300円

創作集団ぐるーぷ・ぱあめ（現ドリーム・チェイサーズ・サルーン）の本

日本って!?　PARTI■アン・マクドナルド　2000円

日本って!?　PART2■アン・マクドナルド　1905円

とどかないさよなら■アン・マクドナルド　1000円

原日本人挽歌■アン・マクドナルド　1500円

すっぱり東京■アン・マクドナルド著　二葉幾久訳　1400円

あんの風にのって■東日本放送あん・まくどなるど編　1000円

★From Grassy Narrows by Anne McDonald and Hiroshi Isogai（英語版）800円

★日本の農漁村とわたし　講演野帖I■あん・まくどなるど　700円

創業の思想　ニュービジネスの旗手たち■野田一夫　1600円

太平洋ひとりぼっち■堀江謙一　1800円

飲みつ飲まれつ■森　怠風　1800円

C・W・ニコルのおいしい博物誌■C・W・ニコル　1600円

C・W・ニコルのおいしい博物誌　2■C・W・ニコル　1000円

エコ・テロリスト■C・W・ニコル　１５００円
C・W・ニコルのおいしい交遊録■竹内和世訳　１４２９円
すごく静かでくつろげて■ジェーン・マクドナルド　１０００円
みんなが頂上にいた■岡島茂行　１９５７円
単細胞的現代探検論■礒貝　浩・松島駿二郎　１０３０円
みんなで月に行くまえに■松島駿二郎　絵・礒貝　浩　１６４８円
ブタが狼であったころ■礒貝　浩　２５７５円
東西国境十万キロを行く！■礒貝　浩　１４００円
旅は犬づれ？　上■礒貝　浩　１０００円
旅は犬づれ？　中■礒貝　浩　１２００円
わがいとしの田園７７７フレンドたちよ！■礒貝　浩　１７４８円
豪華写真集　日本讃歌■礒貝　浩　文・田宮虎彦　１８５４０円
じゃーにー・ふぁいたー■礒貝　浩　１９０５円
★ヌナブト　イヌイットの国その日その日　テーマ探しの旅■礒貝日月　１５００円
★FUCKING JAP！ DICTIONARY　日本主義５９３《ごくろうさん》事典■
S・T・ベルダー　リザ・スタブリック共著　二葉幾久超訳　１０００円

■電話注文０３－３７７０－１９２２／０４５－４３１－３５６６■FAX注文０４５－４３１－３５６６■Eメール shimizukobundo@mbj.nifty.com（いずれも送料３００円注文主負担）■電話・ファックス・Eメール以外で清水弘文堂書房の本をご注文いただく場合には、もよりの本屋さんに、ご注文いただくか、定価に消費税を加え、さらに送料３００円を足した金額を郵便為替（為替口座　００２６０－３－５９９３９　清水弘文堂書房）でお振り込みくだされば、確認後、一週間以内に郵送にてお送りいたします。（郵便為替でご注文いただく場合には、振り込み用紙に本の題名必記）